大活字本シリーズ

共鳴

堂場瞬一

《下》

埼玉福祉会

共鳴

下

装幀　巖谷純介

11

To : ryo
From : shou
Subject : 私の人生その４（笑）

全然意識してなかったものが、突然大きな存在になることってない？

僕の場合、オヤジがそうだった。バアチャンが死ぬまでは、いるのかいないのか分からない人だったし、週に何度も顔を合わせなかったのに……びっくりしたのはバアチャンの葬式の時だった。集まった花輪の数。テレビ局や芸能事務所、タレントからのものもあった。自慢してるみたいだから、誰からのものかは、ryo様には教えませんけどね。差し障りありそうだし（笑）。それでようやく、オヤジがどんな仕事をしているか分かったよ。要するにテレビ局と制作会社、芸能事務所の間を飛び回って、へこへこ頭を下げていたわけだ。それは、顔も広くなるよね。だけどそんな仕事、楽しいんだろうか。

家族を放っておくほどに？

一瞬、社会人としての存在感を示した父親の影は、僕の中ではすぐに薄くなった。結局また元通り。家には僕一人になった。

おふくろに連絡を取ろうと思ったこともあるけど、結局取らなかった。電話番号も知らなかったし。

寂しくなかったか？

どうかな。

おふくろも、極端から極端へ振れる人だったんだと思う。結婚したのが二十三歳の時。どうやらオヤジの勤めていた代理店でアルバイトをしていて、ナンパされたらしい。で、大学を卒業してすぐに結婚、そして離婚。就職したこともない人が、離婚してどうやって暮らしていくのか不思議だったんだけど、いきなりアメリカに行ってしまった。向こうでは、ツアーコーディネーターの仕事をしてるんだって。

後から考えて、男がいるんじゃないかと疑ったこともあるよ。だって、英語もろくに話せないはずなのに、アメリカへ行ったって仕事があるわけもない。実家は……僕は、おふくろの実家のことはほとんど知らなかった。小田原でジイサンが一人暮らししているけど、会ったのなんて一回か二回だよ？　これって不自然だけど、こういうこともあるよね？　おかしいかな。

昔、バアチャンが話してくれたことがあった。小田原のジイサンは警察官で、とにかく厳格な人だったらしい。高校まで、母親の門限は六時。今時――今時じゃなくて二十数年前だけど――そんなのあり得ないって。でしょう？　東京の大学へ進んだ時も一人暮らしは許されず、小田原から片道二時間近くかけて通っていたそうだ。僕だったら、死ぬね。最初は我慢していたらしいけど、そのうち全面衝突するようになった。それで、三年になってアルバイトを始めて、自分の自由になるお金が手に入るようになると、夜逃げ同然で家を出てしまったらしい。親子の関係は、それから本格的な断絶状態に突入した。

おふくろも無茶したけど、本当は可哀相な人かもしれないよね。家を出るために——本当の目的はそれだったんじゃないかと僕は想像してる——結婚相手に選んだオヤジは、典型的な仕事人間。まだ二十三歳で、そんなに広くないマンションで毎日義理の母と顔を突き合わせて生きていくのって、結構きつかったんじゃないかな。だから僕の印象に残っている母親は、いつもどこか嫌そうな、疲れた顔をしてた。

母親が出て行ったすぐ後には、散々オヤジやバアチャンに訊いたんだよ。どうしていなくなったんだって。二人とも説明してくれなかった。あの人たちの頭には、説明責任っていう言葉がなかったんだと思う。バアチャンは話し好きだったけど、おふくろのことに関してだけはね……要するに、嫁姑の関係が上手くいってなかったんだと思うけど、それならそういう風に言ってくれればよかったのに。おふくろがいなくなった時、僕は十一歳だったわけで、そんなことが分からないほどガキじゃなかった。

不思議なもので、母親がいなければいないで何とかなった。たぶん、食事のせいだよね。人間、ちゃんと食事をしていれば何とかなるものなんだ。その点、バアチャンは僕を上手く手なずけたと思うよ。でも、バアチャンが死んだ後は、一人でいるのが普通になった。時々、母親の叔母さんが会いに来てくれたけど、別に喋ることもないしねえ。

そのうち、妙に疲れるようになった。特に何をしてるわけでもないのに、大学へ行こうと思うと、頭が痛くなったりしてさ。別に中学や高校じゃないから、どうでもいいやと思って、講義もサボりがちになった。家にいる分には何でもないんだけど……大学の正門前まで行って、急に腹が痛くなって引き返しちゃったこともある。そこまでも行けなくて、近くの駅まででアウトとか。

初めて「人が怖い」と思ったのは、大学一年生の六月だった。バアチャンの死に伴うあれこれも一段落した時期。梅雨に入って、雨が降っていた。その日は何とか大学に行って、学食の窓際に座って、一人で昼飯を食べていた時……覚えてるけど、三百円のカレーだった。突然、それが物凄く汚いものに見えてきたんだ。吐き気がして、慌てて顔を上げると、周りにいた人間の顔が、全部真っ黒に見えた。

逃げ出さなくちゃ、と立ち上がり、必死で走った。キャンパスの色は消えていたと思う。雨に濡れて鮮やかな緑の芝も、完成したばかりの茶色いレンガの建物も、全部灰色。僕の周りを歩く人たちの顔は、全て黒い穴だった。

何だよ、これ。何なんだ。

家に帰り、自分の部屋に入った瞬間に、不安は消えた。吐き気も落ち着いていた。その日はもう、ベッドに潜りこんで、何も食べずにひたすら寝ていた。オヤジはいつの間にか帰って来て、またいつの間にか出て行ったようだ。完全無視。僕がいるかどうかも気にしていなかったんだろう。

翌朝、さすがに空腹に耐えかねて冷蔵庫を漁った。また不安がこみ上げてくる。何だよ……食べ物を持って部屋に戻ると、収まる。もしかしたら僕は、一生自分の部屋から出られないいんじゃないか、と思った。何とか家を出てみたけど、マンションの外廊下に出ただけで激しい吐き気が襲い、食べたばかりの物を全部吐いてしまった。

冗談じゃない、って思ったね。

それからだ、僕が自分の部屋に、ネットの世界に閉じこもるようになったのは。引きこもりじゃないんだ、と自分に言い聞かせながら。だって実際、こうやって外とつながっているんだから。ネットを通じて、ryo 様のような友だちもできた。直接顔を合わせるより、ずっと本音が語れると思う。こんな自分の半生（笑）みたいなこと、リアルな友だち（もう一人もいないけどね）には語れないよ。

こんなことになった理由は、分かってるよ。話す相手はいない、父親は嫌い、友だちなんか一人もいない——だったら、外へ出る理由、ないよね。

居心地のいい部屋。そのうち、自分の部屋と、空き部屋になっていたバアチャンの部屋だけが、普通に生きられる場所だと気づいた。

家に閉じこもるのは、全然平気だった。オヤジは何も言わなかったし、食料は冷蔵庫を漁れば何とでもなったから。しかし、不思議だった。オヤジは、僕が昼間は大学へ行って、夜だけ部屋に閉じこもってると思ったんじゃないかな。ひどい親だよ。だけど僕も十代後半だ。親に責任を転嫁するような、みっともない真似だけはすまいと決めた。

たまにオヤジと顔を合わせることもあったけど、お互いに何も言わなかった。小遣いだけは貰っていたけど、最初の頃はあまり遣うこともなくて、貯まる一方だった。

そんな生活を始めて半年ぐらい経った頃だったかな。久しぶりに外へ出てみた。理由？　簡単だ。トイレットペーパーが切れていたから。不思議なもので、あの時はトイレットペーパーがなければ死ぬって思いこんでたんだよね。夜中の二時。死ぬよりは吐く方がましだと思って外へ出たら……平気だった。人気のない街を少しだけ歩いてコンビニエンスストアに行くまで、何の異常もなし。さすがにレジで会計する時はびびったけど。

夜なら平気なんだ。

知った顔に会わなければ平気なんだ。

それが分かってから、時々夜中に部屋を抜け出すことにした。バイトしてみようかな、という気も一瞬だけはあったけど、すぐに諦めた。人と会うのが駄目なんだ。なるべく人に会わないようにして、歩き回っているだけなら平気なんだけど……。

こんなの、引きこもりとは言わないんだろうな。

ryo様、どう思う？　やっぱり僕は、中途半端なんだろうか。でも、何もしたくないのは本当なんだ。

To : shou
From : ryo

Subject：Re：私の人生その４（笑）

なるほど、段々状況が分かってきた。

全然平気じゃん。いや、もちろんきついのは分かるけど、外へ出られるなら問題ないよ。ゆっくり慣らしていけばいいんじゃないかな。

俺だって外に出たくない時はあるし、そういう時は家にいればいいだけでしょう。別に二年や三年、人と会わなくたってどうでもいいし。

実際、こうやってやりとりはできてるわけだから、世界から取り残されてるって感じでもないでしょう。

ゆっくりでいいんじゃない、ゆっくりで。

何なんだよ。将は口の中で文句を噛み潰した。余計なことを言おうものなら、祖父に殴られかねないから。しかし、車の中っていうのはどうも……居心地が悪い。祖父の車は相当古びてシートがへたっているうえに、嫌な臭いが籠っているせいで、かすかな吐き気がずっと引かなかった。

夜中の十二時。年寄りが起きてる時間じゃないよ。七十歳を過ぎたら、夕飯を食べてすぐ寝るべきだ。その夕飯も、夕方五時とかで。しかし祖父はまったく眠そうな気配を見せず、ハンドルを抱えこんで前方を凝視している。目の前にあるのは誰かのアパート。祖父の家からはずいぶん離れた場所で、田舎臭い街だ。途中で線路が見えたけど、あれは何だったかな。小田急線？　東海道線？

「誰を待ってるの？」我慢しきれず訊ねた。あるいは「何を」かもしれないけど。

「この家に住んでる——住んでた男だ。舞い戻って来る可能性がある」

「何でそんな警察みたいな真似をしてるわけ？　それで金でも貰えるの？」

「人は金だけで動くわけじゃない」箴言（しんげん）めいた台詞を口にして、祖父が一度きつく目を閉じた。やはり眠いのだろうか。

「だけど、こんな夜中にこんな場所で……金にもならないのにどうして？」

「お前は、働いて金を稼いだことはないだろう」祖父がぴしゃりと言った。「だから、人の仕事の動機づけについて、あれこれ言う資格はないんだぞ」

「言論弾圧じゃないか」将は唇を尖らせて抗議した。

「何が？　お前は好き勝手に喋ってるし、俺は止めてないぞ。これはただの会話だ」

話が噛み合っていない。いい加減にして欲しいよ……ドアに手をかける。すかさず祖父が「どこへ行く」と鋭い声を飛ばしてきた。

「トイレ」本当は一服してくるつもりだった。

「小便がしたくなったら、後ろにペットボトルを置いてある。それにしろ」

「マジで？」

「刑事は皆そうする」

「……結構です」狭い車内で小便なんかしたら大変なことになる。冗談だろうと思ったが、振り返ると確かに、一・五リットル入りのペットボトルがシートの上に置いてあった。幸いなことに空だったが。

「来た」祖父が短く言い、ハンドルをきつく握り締めた。右手は素早くイグニッションキーに伸びている。

誰が、と周囲を見回すと、一台の車がこちらに向かってくるところだった。このアパートは、道路が行き止まりになる場所に建っており、車がここまで入ってくる可能性は高いが……見ていると、問題の車はアパートの前の駐車場に雑に停まり、一人の男が下り立った。自分よりちょっと年上ぐらいか……ほっそりしているのだが、Tシャツの袖から突き出た腕を見る限り、筋肉質な細身、という感じだった。用心深そうに周囲を見回すと、外階段の下についた郵便受けに歩いて行く。

「あいつだ」祖父がぽつりと言った。「誰だか分かるな？」

「え？」いきなり話を振られ、将は間抜けな声を出してしまった。

「鴨宮飯店の裏で見かけた男だよ」

「ああ」言われてみればその通り。雨の中で張り込みの真似をした時に、祖父が写真を撮った相手だ。その男が、どうしてこんな場所に現れたのか。まったく事情が分からないが、祖父には理解できているようだった。何故か嬉しそうに舌なめずりをする。

郵便の有無を確かめるためか、男は郵便受けを覗いた後で、自分の車に戻った。駐車場の中で方向転換すると、すぐに元来た道を引き返す。祖父が車のエンジンをかけ、追跡にかかった。

「ちょっと、これって尾行？」

「他に何だと思う」

「巻きこまないでよ。僕は民間人なんだから」

「俺も民間人だぞ」

やけにはっきりと祖父が言い切る。だったらどうして尾行なんかするんだよ。

……相手の車はすぐに広い道路に出た。祖父は右手でハンドルを持ったまま、左手で携帯電話を取り上げた。耳に押し当てると、「マル対、小田原駅方面へ南下中」と告げてすぐに切ってしまう。それからは運転に集中した。

何なんだ、と確かめようとしたが、訊ける雰囲気でもない。将は押し黙ったまま、ぼんやりと外を眺めた。街は闇に沈んでおり、ロードノイズの他に音はない。

「遅いな」祖父がつぶやく。

「遅いって、何が」

「援軍だ」

援軍？　まさか、戦争でもやらかすつもりじゃないよね。将は慌ててフロアに両足を突っ張った。冗談じゃないよ。どうして僕がこんなことに巻きこまれなくちゃいけないんだ。

だが将の心配をよそに、祖父はすぐ、アクセルから足を離した。ウィンカーを右へ出すと、信号のない交差点を右折して車を停める。振り返ると、車が二台、かなりのスピードで続けて走り去っていった。

「今のは……」

「県警の連中だ。麻薬の売人を追ってる。俺は偵察を引き受けただけだ」

「売人って」将は瞬時に顔が蒼褪めるのを感じた。武器でも持っていたら——持っているに決まっている——どうするつもりだったんだ！　背筋に悪寒が走り、握り締めた両手が震える。

「奴は、鴨宮飯店から消えた麗華と三原君に関係している可能性がある」

「三原君？」

「うちの近くのガソリンスタンドの店員だ。年はお前とたいして変わらん」

「そんな奴が麻薬？」

「今時、中学生だって麻薬を使う」

僕の周りでは、そんな奴はいなかったぞ。小田原みたいな田舎町で本当にそんなことがあるのか？　ふと、小田原駅の駅舎を出た途端に煙草をくわえた高校生の顔を思い出した。やっぱりこの辺は、色々な意味で柄が悪いんだな。

「それはいいけど、何で偵察なんかしなくちゃいけないわけ？　民間人のやることじゃないでしょう」

「警察で麻薬捜査をしている連中は、売人に顔を知られていることが多い。俺なら面が割れていない」

「そう？」

「犯罪者も世代交代する。昔、俺は泥棒や詐欺師と、何十年も丁々発止と遣り合っていた。今は若い外国人犯罪者が増えてるんだ。だが、そういう連中はとっくに引退している。俺みたいなジジイなら、目立たず張り込みや尾行ができる。もっとも今日も、最後は警察に任せるしかないが」

「当たり前じゃん……それはいいけどさ、何で僕まで巻きこむわけ？　アシスタントとかいう言い分は通用しないよ。だいたい警察も、よく許したよね」

「お前が一緒にいることは、警察は知らない。何かあったら泣き寝入りだな」

「泣き寝入りって――」将はまた顔から血が引くのを感じた。自分がここで死んでも、何もできないということか。いや、死んでしまったら、自分ではその後の状況は分からないんだけどね。ジイサンが何を考えているのか、さっぱり分からない。

「お前は世の中のことを知らな過ぎる。このまま年を取ってもいいのか。こういう仕事があることを知っておいてもいいんだぞ」

「特殊過ぎるよ」

「警察官は日本全国に二十万人以上いる。決して特殊な仕事じゃない」

「だからって、僕はお断りだよ」将はきっぱりと言い切った。いくら何でもこれはひどい。言うべきことは言っておかないと——安寧な生活に戻るためにも。

「だったらお前は、これからどうするつもりなんだ」

「そんなこと、決めてない」

「成人してるんだから、そういう言い訳は許されないぞ」

「周りの人間だって、誰も決めてないよ」

「周りって誰だ」祖父が嘲るように言った。「お前に友だちがいるとは知らなかったな」

「ネットで知り合った友だちが――」

「そういう連中が本当は何者か分かってるのか？　オフ会で実際に会ったのか」

七十四歳の老人の口から「オフ会」という言葉が出てきたので、将は啞然としてしまった。あれだけパソコンを使いこなしているのを見れば、詳しいのは想像できるけど……将は、ずっとメールのやり取りを続けている「ryo」を思い出した。本名は知らないし、当人は「大学生だ」と名乗っているけど、それを信じる根拠もない。もしかしたら男ではなく女かも……自分が置かれた事情を散々説明し、愚痴を零してしまったせいか、今は何でも言える相手と思っている。一番「友人」に近い存在かもしれない。

それでも「会おう」という話は出たことがなかった。向こうも引きこもっているのではないか、と将はひそかに疑っている。本人は「バイトばかりで自由になる時間は夜中だけ」と説明していたけど、それを信じる根拠はないわけだし。

「だいたいさ、何で僕が……閉じこもってるって分かったわけ？

オヤジと何か話をしたの？　仲悪いんでしょう」

「仲が悪いというか、話もしていない」祖父が淡々とした声で告げる。「向こうも何も言ってこないし、俺もああいう男と話すのは願い下げだ」

「この前、電話してたでしょう」

「お前の居場所を教えただけだ。あいつは最低限の礼儀も知らないクソ野郎だから、余計なことは喋りたくない」

それだけは全面的に賛成。一瞬そう思ったが、さすがにカチンとくる。ろくにつき合いもないはずなのに、どうしてこんなひどい悪口を言うのだろう。娘を奪った憎い男だから？　あるいは僕が知らないだけで、実は結構頻繁に会って遣り合っていたとか？　ありそうにない。

このジイサンは、人の好き嫌いがはっきりしている。嫌いな人間は徹底して遠ざけそうだ。

「何でそんなに悪口言うわけ？」

「あいつは昔からそういう男だった。あの男が最低限の礼儀さえ知っていれば、俺だってこんな風に意固地にはならなかった」

「――それって、母さんのこと？」

祖父が黙りこむ。薄い、薄情そうな唇を引き結び、ハンドルを握る手に力を入れる。しばらくそのまま固まっていたが、やがて右手をキーに伸ばしてエンジンを切った。途端に完全な静寂が訪れる。エンジンが冷える小さな金属音が時折聞こえるだけだった。

「お前の父親も母親も、ある意味ガキなんだ。子どもの世話もできないんだから」

「少なくとも、父さんはね。僕のことなんかどうでもいいと思ってるだろうな」

「どうでもいいんじゃない。どう接していいか分からないんだ。自分が大人になりきれてない」

「何でそんなことが分かるんだよ」

「俺も同じだったからな」祖父がすっと息を吸った。大きな胸が膨らむ。「娘が産まれて、どう育てていいのか分からなかった。父親としてどんな風に接していいのか……人生の先輩たちにも訊いてみたが、人それぞれで正解はなかったな」

「それで門限六時とか、滅茶苦茶なルールにしたわけ？」

「知ってたのか」

「前に聞いたことがある。だけどそれって、ちょっと異常じゃない？」

「俺は刑事だった」祖父の喋り方は次第にゆっくり、眠気を誘うようなものになってきた。「刑事というのは、人の命と社会の安全に責任を持つ仕事だ。だから娘をきちんと育てたいと思うのは当然だろうが」

「窮屈（きゅうくつ）なだけじゃん。だけどさ、ずっとそんなままで……」

「六十過ぎて、警察を辞めた」

「そりゃそうだよ、定年でしょう」

「辞めた後、家族の問題でまた失敗する男は多いんだ。仕事一筋できて、家族との時間ができたのに、ちゃんと家族と向き合えないでな……熟年離婚っていうのは、そういうことが原因で起こるんだよ。うちはそういうことはなかったが……」

「相変わらず、母さんとは向き合えなかったんだ。もう、母さんだって子どもじゃなかったのに」

「怖かったのは確かだな」

祖父が両手で顔を擦る。将は激しく動揺した。このジイサンが、こんな弱気を漏らすなんて。

「家族と向き合わない言い訳で、俺は仕事を続けた。たかが名誉職を、本当の仕事のように捉えて、必死に働いた」

「滅茶苦茶じゃん」

吐き捨てたが、爽快感はなかった。祖父は渋い顔で、目を細めている。強いと思っていた祖父に、こんな弱い一面があったとは……同情すべき？　違う。この人は、自分に都合のいいことを並べ立ててるだけなんだ。

「それなのにあなたは、今頃お節介をしてるわけだ」

「何が悪い。家族なんだぞ」

「そんなの、あなたが勝手に思ってるだけじゃないか。母さんのこと、ちゃんと育てられなかったからって、僕を代わりにしないで欲しいな」

「何だと？」

「僕には誰もいないんだ。いなくていいんだ。余計なこと、するなよ！」

将は思い切りドアを押し開けた。ひんやりとした空気が全身を包む。Tシャツ一枚で来てしまったのは失敗だった。しかし振り返らず、ドアを開けたまま歩き出す。

「将」祖父の声が背中から追いかけてきたが、無視した。話すことなんか何もない。声も聞きたくないので、思い切って走り出した。久々の全力疾走。肺が悲鳴を上げ、脹脛（ふくらはぎ）が泣き言を言う感覚が変に懐かしい。こういうのは、テニスをやってた頃以来だな。ほんの何年か前なのに、すごく昔のように思える。

祖父は追いかけてこなかった。細い道を走り切り、振り返って見た時に、一方通行で車はこられないと気づいたけど……こんな時でも融（ゆう）

通(ずう)の利かない人間なんだ。一方通行ぐらい無視してもいいのに。もっとも、祖父の方で呆れて、もう僕と話をしたくないと思っていたかもしれないけど。

歩いた……こんなに歩いたのは生まれて初めてかもしれない。街灯もほとんどない、真っ暗な住宅街の中で、ひたすら歩を進める。最初は煙草を吸ったり、自動販売機で買ったスポーツドリンクを飲んだりして、呑気(のんき)に歩いていたのだが、次第に不安になってきた。どこまで行っても民家があるだけで、どこへ行けばいいか、皆目見当がつかない。住居表示を見てもちんぷんかんぷんだし、灯りが乏しく街は暗い。僕はどうしたいんだろう……祖父の家へ帰りたいのか、どこか別の場所へ行きたいのか。何度かタクシーが通り過ぎたけど、自分でも行き先が分からないのでは、乗るわけにもいかない。

気づくと、駅のイメージが頭に浮かんでいた。近くを線路が走っていたのだから、どこかに駅もあるはずだ。こんな時間だから終電は行ってしまっているだろうけど、駅に行けば時間潰しぐらい、できるだろう。取り敢えず、座って休めればいいや……しかしどれだけ歩いても、駅らしきものは見えず、線路も見失ったままだった。一時間……山の中ではないから、このまま遭難することはないだろうけど、どうなってるんだ。コンビニもないなんて、ここは本当に日本なのか。

眠気と疲れが襲ってくる。体も冷えてきた。温かい飲み物が欲しかったが、時折見かける自動販売機には、この季節は冷たい飲み物ばかりだ。飲み残したスポーツドリンクのペットボトルを持った左手が冷えてくる。時折立ち止まってライターをつけ、火を燃やしながら手をかざして、ささやかな暖を取った。

さらに一時間近く歩いたところで、突然どこかの駅舎の近くに来たのに気づいた。交差点に「穴部駅入口」の表示板がかかっている。助かった……しかしこの時間、小さな駅舎は閉鎖されている。駅前は自転車置き場で、ベンチの類もない。駅のすぐ前には煙草屋というか食料品店というか、雑貨店があったが、当然シャッターは下りている。その近くのスーパーの灯りも消えている。看板を見ると……何と、営業時間は七時半まで。仕方なく、先ほどまで歩いていた道路へ引き返すと、左の方にコインランドリーがあるのが見えた。柔らかい灯りを道路に投げかけており、黄色い小さな看板に「24時間営業」の文字がある。よし、あそこで時間を潰すか……さすがに夜中なので、人はいない。中は暖かく、洗剤の匂いが満ちて清潔な感じがした。茶色の細長いベンチがあったのでそこに寝転がり、足を伸ばすと、脹脛が痙攣しそうになる。びっしりと汗をかいたせいで、体の芯が熱い。ベンチは脚が一本か二本短いようで、動く度に不安定に揺れた。

それでも眠気と疲れには勝てない。将はペットボトルを腹の上で抱いたまま、目を瞑った。ベンチは脹脛の半ばまでしかないので、どうにも落ち着かない。こんなところで野宿できるわけないよな、と思った次の瞬間には眠りに落ちていた。

12

何もかも上手くいかない夜もある。自宅へ戻った途端、麻生は原口から、「追跡に失敗した」という連絡を受けた。そして、将は帰って来ない。あのガキは……麻生はじりじりしながらも、何とかいつも通り寝ようとしていた。とはいっても、布団に入りこんだ後も、このままにしておいていいのか迷い続ける。今夜は案外冷えこんでいる。あんな薄着でどうするつもりだろう。探せばすぐに見つかるだろうが、そうすべきかどうか。いや、やはり放っておけばいい。成人男子が何をしようが本人の責任だ。いじけようが、夜の街を彷徨おうが、自己責任で好きにするがいい。

そう、子どもには好きにさせるのが一番いいのかもしれない。そうすれば、余計な気を揉まずに済む。

俺はずっと香恵を縛ってきた。縛ることこそ、きちんと育てることだと思っていた。しかしその結果が、現在のこの状況だ……まったく
唐突に結婚を告げられた時のことを思い出す。

『結婚するから。大学を卒業したらすぐ』

『何だと？　相手はどこのどいつだ』

『言う必要、ないでしょう。とにかく、もう赤ちゃん、いるから』

そう宣言した時、香恵は一線を越えたのだと思う。徐々に自分から

距離を置きつつあった娘が、決定的な離別を表明した瞬間。

『そんなふざけた話、あるか』

『何で今、そんなこと言うの？　お父さん、私とずっとまともに話そうとしなかったでしょう。急に父親ぶっても、信用できないわ』

信用できない、か。ひどい言われようだったが、あの時は衝撃で怒るどころではなかった。唖然とするとはああいうことか。どんな事件を担当しても、どんな容疑者と対峙しても、たじろぐという感覚とは無縁だったのに。

あれから、香恵とは何度話しただろう。さすがに妻は娘と連絡を取り合って様子を教えてくれたが、麻生にも意地はあった。孫が生まれたと聞いた時も、会いにもいかなかった。自分に対する罰だったのかもしれない。娘の育て方を間違ってしまったのだから、孫に会う資格などない、と。結局、将に会ったのはほんの一、二回。

和解のチャンスはあったと思う。香恵が離婚した時……あの時は、泣きながら電話をかけてきた。あの時、どうして「だったら家に帰って来い」と優しく言えなかったのか。「勝手に家を出て、勝手に離婚して。お前が悪い」と、言ってしまったのが、麻生の最後の台詞だった。結局俺は、現役時代の気持ちそのままに、仕事のことだけを考えていたのだろう。家族である香恵ときちんと向き合う勇気がなかったのだろう。

もっと香恵と話していれば。

全ての歯車は違う動きをしていたかもしれない。

今になって将を引き取ったのは、それを悔やんでいたからかもしれない。どんな風に引きこもりから立ち直らせるか、方法も分からなかったが……とにかく表に引きずり出すこと。普通に外へ出られるようになったら、次の手を考える。香恵の時と同じ轍は踏まないつもりでいたが、ここから先どうするか、具体的な考えはまだなかった。

　玄関の方でかたり、と音がする。帰って来たか……タクシーでも拾ったのだろうかと思い、少しだけ安心した。いや、違う。あいつには鍵を渡してあるから、ロックを解除する音がするはずだ。しかし今のは、そういう音ではない。誰かが玄関先でうろついているような……泥棒かもしれない。麻生は布団から抜け出し、いつも傍らに置いてある木刀を手にそっと歩き出した。現役時代は剣道よりも柔道の方が得意だったが、どんな相手か分からないのだから、接近戦は避けなければならない。木刀は、相手を遠ざけつつダメージを与えるための有効な武器だ。拳銃と対決するような羽目にならない限り、こちらの優位は動かない。

音を立てないように足を運び、玄関に裸足で下りる。間違いなく、誰かの気配がした。覗き穴に目を押しつけ……知った顔を見つけて安堵の吐息を漏らす。しかし次の瞬間には、疑問が脳裏を駆け巡った。どうしてこんな時間に？

相手を驚かせないよう、ゆっくりと鍵を開ける。外にいる相手がそっとドアを引き、隙間から顔を覗かせた。

「健太……」いつもの癖で、寝る時もつけている腕時計に視線を落とす。夜中の二時。高校生がうろつく時間ではない。「何してるんだ、こんな時間に」

「いや、ちょっと眠れなくて」健太が首筋をかいた。襟首が広がったTシャツに膝下でカットしたジーンズという格好で、足元はサンダルを突っかけただけだった。

「しょうがない奴だな。上がるか？」夜中だろうが何だろうが、知り合いが訪ねて来ればもてなさねばならない。

「いいの？」

「眠れないからって、子守唄はなしだぞ。俺は音痴だからな」

「別に、聞きたくないし」健太が苦笑した。

麻生は冷蔵庫からコーラの缶を取り出し、健太に放った。自分は……酒が呑みたいところだが我慢して、ミネラルウォーターのボトルを取り出す。「こっちへ来い」と二階へ誘導し、階段を上がりながら水を口に含む。ひんやりしてきたところで飲み下すと、意識がはっきりしてきた。まったく、人騒がせな奴だ。これでもう、今夜は眠れないだろう。

健太を仕事部屋に導いた。灯りを点けると、初めて入る部屋に健太が目を見開く。

「すげえ」

「仕事するには、これぐらいは揃ってないと駄目なんだよ」

さすがにこの時間は、全ての機器の電源は落ちている。

「麻生さん、こんなにパソコン使ってたんだ」

「そうだよ。普通の作業用にはウィンドウズ7の64ビットバージョン、編集用にはマックだ。OSはX（テン）のバージョン10・6な。基本的に、ここでできないことはない」

「動画の編集とかも？」

「ああ。どのマシンもスペック的には十分だ。ただしビデオカメラはないし、俺は動画には興味もないが」例外は、将の家を監視した時だ。

「まあ、座れ」

　麻生は椅子を引いて腰を下ろした。健太は部屋の中央付近にわずかに空いているスペースに腰を下ろし、胡座をかく。

「で、何を悩んでるんだ」

「何か……はっきりしないから」

「そうか」

「麻生さんはどう思う？」

「医者が否定してるからな。あの医者は、俺もよく知ってる人間だ。真面目だし、仕事に関してはヘマはしない」

「そう」不満気に唇を歪める。「でもさ、ちゃんと調べてないんでしょう？　だったら分からないんじゃないかな」

「どうしても殺されたことにしたいのか」麻生は声を低くした。

「そうじゃなくて、俺はちゃんとした事実が知りたいんだよ」

「本当にそうなら――お前の想像している通りなら、誰かが刑務所に入ることになるんだぞ」

「それは分かってるけど」健太が顔を背けた。

「なあ、本当のことを言ってくれよ」麻生は膝に肘を置き、上体を屈(かが)めた。「本当は何が狙(ねら)いなんだ？　お前、もっと詳しく事情を知ってるんじゃないのか」

「そんなことないって」

「もっとはっきりした証拠を握っているか、その瞬間を見たか……お前、本当は泰治君が何かするのを見たんじゃないだろうな」

「まさか」健太が口先だけで笑い飛ばす。「そんなところ見たら、こんなに冷静でいられるわけないじゃん」

「だろうな」どうにも気持ちが読めない。親子関係が上手くいっていなかったことは知っているが、それだけで父親を陥(おとしい)れる——下手をすると破滅させるようなことを言うだろうか。「お前、どうしたいんだ」

「本当のことが知りたいだけだって」

「親御さんは嫌がってるぞ」

歪んだ健太の唇がわずかに開き、「分かってるよ」とつぶやく。

「当たり前だな。家族としては、余計なことに首を突っこんで欲しくないだろう」

「麻生さんは、そういうことを気にしないと思ってた」

「どういう意味だ？」

「いつもお節介してるじゃん」

苦笑せざるを得なかった。健太は若さ故か、物事をひどく直線的に見て、感想を口にしてしまう。だが彼の見方は、古い記憶に基づくものだ。今では麻生も、相当遠慮がちになった、と自覚している。若い頃は確かに、平気で人の家庭の事情に首を突っこんでいた。もちろん事件絡みだったからだが、時には警察官の職務を逸脱している、と意識したこともある。だがあの頃は、周りもそういうことを気にしなかった。犯罪を未然に防ぐためなら、少しぐらい人のプライバシーに首を突っこむのは黙認されていた。

「昔みたいにお節介もできなくなった」

「どうして」

「社会が変わったんだよ」水を一口飲み、麻生は溜息をついた。「いろいろなことがばらばらになっていく。家族が崩壊して、地域社会がなくなって、人は皆一人になっていくんだ」

「そうかな」

「お前、携帯やパソコンでしかつき合いのない友だち、いるか？」

「まあ、人並みには」

「人並みっていうのは、どういうレベルだ？」

「そんなの、分からないけど」健太が苦笑する。「顔も知らないで、メールだけのつき合いってのもあるよ。でも、携帯がないと死ぬほどじゃないかな」

「そうか」将は違う。あいつは家族を無視し、ネットの世界の知り合いだけに助けを求めていたのだ。健全だとは思えないが、それで精神的なバランスを保っていたのも確かだろう。何かが間違っている気がしてならないのだが、何が間違っているのか、麻生にも分からない。

俺は昔のような、リアルで濃い人間関係を求めているのだろうか。近所で助け合い、平気で人の家に上がりこんで家族同然のつき合いをし、本気で喧嘩もしたような関係。

「あのさ、麻生さんの……孫？　あの人、何なの？」

「何なのって言われても困るが」麻生は苦笑しながらペットボトルに手を伸ばした。

「何でここに住んでるわけ？」

「一時的に、だよ」

「だから、どうして？」

「あいつは引きこもりでね」言ってしまってから、しまった、と思った。孫のプライバシーをばらす権利が自分にあるのか。

「そうなんだ」健太の態度がわずかに変わった。少し柔らかくなったというか……将に親近感を覚えているのかもしれない。将は引きこもり。健太はそうではないが、学校にもほとんど行かず、家にも寄りつかずにふらふらしているという点で、問題行動をしているのは間違いない。種類は違うが、二人ともまともな家庭生活、社会生活を拒否しているのだ。いや、健太は違うか。祖母の死をきっかけに、反発心を元にしながらも、家族と向き合うようになったのだから。

「バアサンを——父親の母親を亡くしてな。それから調子が狂ったようだ」

「そうなんだ」少しだけぬくもりの籠った声で健太が繰り返す。

「お前と同じような立場だぞ」

「俺は違うよ」健太の声がにわかに強張る。

「とにかく、気持ちを強く持たないとな。家族が一人亡くなると、それまでとは空気が違ってしまう」

「空気……」

「同じ家に住んででても、今まで吸ってた空気じゃなくなるんだよ」

麻生は妻が亡くなった後の空しい部屋の空気を思い出した。今はそれがすっかり自然になったが、当時は体の左半分が寒かったのを覚えている。琴恵は歩く時も寝る時も左側にいたのだ。自分の半身を満たしてくれていた存在……いなくなった時は、一瞬にして体の半分を失ったような気になったものだ。立ち直るのにどれだけの時間がかかっただろう。あるいは、まだ立ち直っていないのかもしれない。長年の経験で、自分の気持ちを押し隠して生きることにも慣れているから。そうでなければ、死体を相手に冷静に仕事を続けることはできなかった。

「そんなものかな」健太が座り直し、膝を抱えた。

「そんなものだよ。年寄りの経験は馬鹿にしたもんじゃない」

「馬鹿にはしてないけど」

「それならいいがな……気をつけないと、うちの孫みたいに引きこもりになっちまうぞ」

「でもあの人、普通に外に出てるじゃん」

「強制治療中だ」麻生はにやりと笑った。「襟首を摑んででも外に出さないと、いつまで経っても立ち直れない」

「強引だね、麻生さんは」

短い沈黙。膝を抱えたまま体を揺らしていた健太は「俺と一緒か」と漏らした。麻生は敢えて何も言わず、水を飲むだけだった。少年課の経験はないし、息子もいなかったから、この年齢の少年の扱いに慣れているわけではない。子どもっぽいかと思えば大人びた考えを見せることもあり、突然感情の奔流に耐え切れなくなることもしばしばだ。健太の場合は、基本的に大人しい。子どもの頃は無口で、ちょっとしたことですぐ泣いていた。驚いたのは、麻生の自宅の前で転んで泣き出したことである。その時、確か五年生。小学校の高学年にもなって、転んだぐらいで泣くのは異常だ。怪我したわけでもなかったのに。

その泣き虫が、いつの間にか家族に反発するようになった。もしかしたら、「父親が祖母を殺した」などと言い出した背景には、別の問題があるのだろうか。母親殺しが本当かどうかはともかく、家族の背景に何があるかは探っておいてもいいかもしれない。それこそ首を突っこみ過ぎだが、放っておいて誰かを傷つけるよりはましではないだろうか。健太の心の奥深く潜って、本音を探り出す。

それは俺の役目じゃないな。それこそ、将に任せよう。何も刑事になれと言っているわけじゃない。人の生(なま)の心に触れて、あいつ自身にも変わって欲しいだけだ。

寝不足だ。結局健太は、午前三時ぐらいまで居座っていたのだが、だからといって麻生が寝坊する言い訳にはならない。そのせいか、普段より腰が痛み、起き上がるのに時間がかかった。

まだ将は帰って来ない。さすがに少し心配になってきたが、どこかで野宿でもしたのだろう、と自分に言い聞かせる。子どもじゃないんだから……しかし気になる。小田原中央署に電話を入れて、当直中に事件や事故はなかったかを確認してしまった。幸い昨夜は、交通事故も事件もなし。小田原の夜は平穏で、将はそこに紛れこんでいただけなのだろう。

手早く朝飯を済ませ、腰痛対策でコルセットを巻いてから家を出る。昨夜の一件を小川に話しておかないと。「張り込みをする」と予告してあったから、彼も結果を知りたがるだろう。あそこのガソリンスタンドは毎朝七時に開店し、小川は必ず自分でレジを開ける。早速行ってみるか……しかしまず、頭を整理するために日課のウォーキングをこなすことにした。腰の痛みに耐えながら、三十分、早歩きで汗を流し、家の前で軽くストレッチをしてから、タオルで汗を拭いながらガソリンスタンドに向かう。

スタンドに客はいなかった。従業員は全員顔見知りなので、きちんと挨拶してくる。ガソリンを入れに来る客に対するのとはまた別種の、心の籠った朝の挨拶だった。麻生は気分を良くして挨拶を返し、一瞬立ち止まって天を仰ぐ。今日はよく晴れて、気温はぐんぐん上がりそうだ。梅雨明けも間近だろう。強い陽射しは早くも目を焼くようだった。一度引っこんだ汗がまた噴き出し、額を濡らす。

小川は事務室で、暗い顔でお茶を飲んでいた。麻生が入っていくと慌てて立ち上がり、茶碗を転がしそうになる。手を伸ばして押さえようとしたが、少しテーブルに零れてしまった。

「そんなに慌てないで」麻生は苦笑しながら言った。

「いや、しかし……どうでしたか？」

冷蔵庫から麦茶の入ったポットを取り出し、コップに注いで麻生に渡す。冷たい麦茶を一気に飲み干すと、すっと汗が引いた。

「失敗した」麻生は端的に告げてから、昨夜の状況を説明する。

「やっぱり、その売人と何か関係があったんですか」小川が泣きそうな顔になった。

「何もなければ、わざわざ家には行かないだろうな」尾行に失敗した後、原口たちは郵便受けを確認したが、何もなかったという。麻生にしても、まさかそこを麻薬や金の受け渡し場所には使っていないだろう、という読みはあった。日頃から普通に使っている場所というのは盲点にもなり得るが、いくら何でもあそこは危険過ぎる。

「じゃあ、三原は……」小川が唇を噛む。顔は蒼くなり、目は潤んでいた。

「まあまあ、そう慌てなさんな」麻生は慰め、タオルで顔を拭った。

「今のところ、お前さんに迷惑がかかるようなことはないから」

「そうですか？」疑わしげに小川が訊ねる。

「ここには何もなかった。それに三原君が麻薬を使っていた形跡もない。おそらく、ちょっと巻きこまれただけだろうな」

麗華の名前は出さなかった。出せば、小川は鴨宮飯店に、悦子たちに対して悪感情を持つことになるかもしれない。うちの大切な従業員にとんでもないことをしてくれた、と。もちろん三原が麗華を巻きこんだ可能性もあるのだが、小川とて、短い間とはいえ自分の下で働いていた人間を悪者だと考えたくはないだろう。

「黒幕は分かってるんだ。そいつを捕まえれば何とかなる」

「本当ですか？」

疑わしげに小川が訊ねる。そう言われると、麻生もはっきりとは答えられない。昨夜、尾行に失敗したのが痛かった。警察が自分をマークしていることに気づけば、今まで以上に用心するだろう。このまま姿を隠してしまう恐れもある。それこそ中国へ戻るとか……そうなったら追跡は不可能だし、麗華と三原の捜索が切れてしまう恐れもある。

「まあ、心配しても仕方ない」麻生は自分に言い聞かせるように言った。「今のところ、三原君が何かしたという証拠はないんだから。おかしな連中とつき合いがあったらしい、ということだけだ」

「そうですか……」小川が椅子に体重を預けた。両手で思い切り頬を擦り、「人を見る目がないですね、私も」と愚痴を零した。

悦子も同じようなことを言っていた。しかし二人とも、見る目がなかったとは言えまい。雇った時は真面目な人間でも、誰かと接触することで容易に変わりうる。仮に二人が麻薬と関係していたとしても、働き始める前からではなく最近のことだろう、と麻生は想像していた。麗華は王亮との関係から。三原は麗華との関係から。特に三原の場合、純粋に男としての好奇心から彼女に近づき、巻きこまれた可能性もある。

「まったく、いろいろありますね」

「そうだな」

「田舎町だとばかり思ってたのに……」

小川が言い淀んだ。話し好きな——いつもは喋り過ぎのこの男が口をつぐむほど、事態は緊張の度合を高めているのだ、と意識する。

そのまま家に戻る気になれず、麻生は長い散歩に出かけた。お供は、コンビニエンスストアで仕入れたミネラルウォーター一本。頭を焼かれながら歩き続け、海岸へ出ると砂浜に腰を下ろす。腰はだいぶ楽になっており、コルセットで暑いのが鬱陶しかった。巨大なゴールデンリトリバーを散歩させている若い女性――飼い主よりも犬の方が大きそうだった――の背中を目で追いながら、ぼんやりと考える。

健太が、祖母の死に疑問を持つ気持ちは、分からないでもない。愛する者が死んだ時、悲しみを紛らすために、誰かに責任を転嫁しようとするのはよくある話だ。殺した人間が分かっていれば、そいつを恨めばいい。恨むことで悲しみが薄れる。一種の代償行為なのだ。しかし、「父親が殺した」などと言い出すのは、正気の沙汰ではない。もしも本当にそう思っているなら、俺ではなく警察に駆けこめばいいのだ。もっとも、警察も相手にしないだろう。具体的な証拠がない限りは……。

両膝を緩く抱え、麻生は海に目をやった。強烈な陽射しを反射し、近いところは輝いて白く見える。左の方に視線を移すと、サーフィンをしている連中が波に揉まれていた。案外風が強く海が荒れているのだ、と気づく。そのせいか、陽射しが強いのにあまり暑さを感じない。

三原たちの線は、警察に任せるしかないだろう。具体的に問題が出てきたら、自分が乗り出して調整すればいい。王亮に対するそもそもの端緒は自分がもたらしたのだし、昨夜の失態の件もあるから、原口に対しては要求を通しやすいだろう。それよりも今は、この噂の真贋を確かめる方が重要だ。もしも健太の言う通りだったら――立ち上がり、ジャージの尻についた砂を払い落とす。

警察を辞めて十数年。まだ体も頭も衰えていないという自負はあったが、こいつは面倒なことになりそうだ。麻生は両手を腰に当てたまま、目を細めて水平線を眺めた。

13

締めつけられるような頭痛で目が覚める。最悪の目覚めだよ、と将はうんざりした。覚醒している感じはあるが、目を開けられない。開けたら、光で頭痛がもっとひどくなりそうだ。それに頭痛だけじゃなくて、体のあちこちに痛みが残っている。

どこか遠くで感じられる、ざわざわとした騒がしさ。誰かが笑っている。まさか、僕を笑っているのか？　冗談じゃない、笑われるようなことはしてないぞ。

ゆっくりと目を開けると、ガラス越しに最初に飛びこんできた光景は、夏の制服を着た女子高生の姿だった。目が合うといきなり顔をそらしてしまったが、肩が震えているので笑いをこらえているのが分かる。何なんだ……そう思った瞬間、コインランドリーのベンチで寝てしまったのだと気づく。今何時なんだよ。左手を上げたが、元々腕時計などしていないことに気づいた。

慌てて体を起こした瞬間、一際強烈な頭痛が襲ってきた。目眩も。風邪を引いたかもしれないな。コインランドリーの中にいたとはいえ、昨夜は結構冷えたし……目眩が収まるのを待つ間、肘だけで体を支えた。ようやく引いたので、何とか足を下ろしてベンチに腰かける。両膝の間に手を挟んでうなだれたが、頭痛は激しく、頭の中で小人が暴れ回っているような感じがした。一つ脈打つ度に、規則正しく痛みが襲ってくる。息を凝らして、頭痛が引くのを待った。首の後ろがガチガチになってるよ……。

首を捻って壁の時計を見ると、もう八時だった。マジかよ……慌てて顔を上げる。駅舎の方から制服姿の高校生が集団で歩いて来るのを見た途端に、耳が赤くなるのを感じた。近くに学校があるのか。ここで眠っている様子を笑われていた——あるいは気持ち悪がられていたのかと思うと、顔が熱くなる。同時に鼓動が激しくなった。こんな明るい場所で、大勢の人に見られているなんて……しかし意外なことに、動揺はすぐに収まった。

何とか立ち上がる。やはり体のあちこちが痛んだが、風邪を引いたからではなく、小さなベンチで無理に寝てしまったせいだ、と自分に言い聞かせた。ふらふらと一歩を踏み出すと、自動ドアが開いて外の熱気が襲ってくる。この暑さの中、また長い距離を歩くなんて、冗談じゃない。電車に乗ろう。一歩引くと、すぐにドアは閉まり、冷気が体を包みこんだ。体の痛みはそのうち取れるはずだ。だけど頭痛は……絶対に薬がいる。頭が痛くなることなど滅多にないので、将は妙な不安を感じた。このまま死ぬんじゃないか。

ズボンのポケットを探って残金を探した。千円札が何枚かあるから、電車には乗れる。だけどそもそも、自分は今どこにいるのだろう。情報を求めて顔を上げた瞬間、見たくもない相手と目が合った。

健太。相変わらず、だらしなく着崩した制服姿である。登校を急ぐ他の生徒たちとぶつかりながら、その場で立ちすくむ。その目に、今までの攻撃的な気配が感じられないことに将は気づいた。だけど、どうでもいいよ。今はこいつと遣り合ってる場合じゃないし。とにかくさっさとここを離れて、頭痛薬を手に入れないと。

だが将の目論み（もくろみ）は、ずけずけとコインランドリーに入って来た健太の何気ない一言で粉砕された。

「こんなところで何やってんの？」

何やってんの、か。滅茶苦茶ベタな質問に、将は苦笑せざるを得なかった。そうだよな。どうして僕は、コインランドリーなんかでこいつと向き合っているのだろう。しかも目の前を高校生がぞろぞろと通り過ぎているシチュエーションで……視線が痛いよ。しかしすぐ、それは自分にではなく健太に向けられたものだと気づいた。同級生がいるのかもしれない。

「いいのかよ」

「何が」健太がつまらなそうに缶コーヒーを啜った。

「高校、行かないで」

「今日は遅刻にした」

「自分で決めることじゃないだろう」

「うちは底辺校だから」健太が皮肉に唇を歪める。「遅刻や無断欠席ぐらい、何でもないし」

「周りがそうだからって、自分も合わせる必要はないと思うけど」

「へえ」呆れたように健太が言った。「説教するんだ、一人前に」

何で高校生ごときにからかわれなくちゃいけないんだ。将は反論しかけたが、耳が熱くなっているのに気づいて口をつぐんだ。クソ、何で何も言えないんだ。むきになって缶コーヒーをあおる。腹は減っていたが、頭痛がまだ居残っていて、しばらく固形物は口にしたくなかった。とにかく、頭痛薬を何とか手に入れないと……だけどこの辺に、薬局なんかあるんだろうか。

「何でこんなところで寝てたわけ？」

「電車がなくなったから」

「そうじゃなくて」じれったそうに健太が言った。「そもそも何でこんなところにいたかって話」

「それは言えない」祖父のことなどどうでもいいと思ったが、昨夜のあれは絶対に人に言っちゃいけない話だ。本当は、素人の自分も知っていてはいけないことだと思う。

「秘密主義ってやつ？」健太が鼻を鳴らす。

「とにかく言えない」

「顔色悪いけど」

「え？」将は慌てて顔を擦った。本当に風邪を引いたのかもしれない。

「真っ青だぜ」

「頭が痛いんだよ」言うと、改めて痛みを意識する。普通に話ができるのだから、変な病気ではないだろうが、これまでに経験したことのない痛みだった。祖母が脳梗塞で倒れてから、体の不調について妙に気になる。

「あ、そう」健太がさらっと言って、薄っぺらい鞄を開いた。「頭痛薬、あるけど」

「マジで？」将は目を見開いた。

「俺、頭痛持ちでさ。恵んでやろうか？」

「持ってるならくれよ」恵む、という言い方にむっとしながら頼んだ。

「高いぜ」

「もう一本、コーヒーを奢ってやってもいい」それでも電車に乗るぐらいの金はある。

「只でいいよ。コーヒーなんか、そんなに何本も飲めないし」

健太がピルケースに入った頭痛薬を取り出す。受け取った将は二錠（にじょう）口に放りこみ、缶コーヒーで流しこんだ。いきなり効くわけではないが、呑んだだけでも大分気が楽になる。しばらく目をつぶって、何とか痛みを押しこめようと努めた。

「あんた、バアサンが亡くなったって言ってたよな？」健太がいきなり切り出した。

「無礼な奴だな。人のバアチャンのことをバアサンはないだろう」

「同じじゃん」健太が気取って肩をすくめる。「バアサンはバアサンだし」

「……二年前に亡くなった」

「それで引きこもりになってたんだって？　よっぽどバアサンが好きだったんだね」

「そんなこと、誰から聞いたんだよ」ジイサンだ。間違いない。かちんときて、顔が赤くなる。

「麻生さん以外にいないだろう」

「君と同じじゃないか？　だから君だって、変なことを言い出したんだろう」

「変じゃない」健太が凄んだが、朝の光の中では迫力もあまりなかった。

将は少し身を引いて距離を置き——二人揃ってベンチに腰かけていたのだ——煙草を取り出した。ジーンズのポケットに入れておいたのですっかりくしゃくしゃになっているが、ちゃんと火は点く。深々と吸ってから、窓に向かって勢いよく煙を吐き出した。「禁煙」の張り紙にぶつかって、煙が四散する。

「煙草、もらうよ」

健太がすっと手を伸ばしたが、将はそれより一瞬早く、ベンチに置いたパッケージを取り上げた。

「何だよ、ケチだな」

「高校生が煙草なんか吸うなよ」忠告しながら、自分も高校三年生の時には周りに隠れて吸い始めたのだ、と思い出した。

「また説教かよ」

「悔しかったら、早く成人すりゃいいだろう」

「そんなの、努力したって無駄だし」健太がまた肩をすくめる。冗談を馬鹿にしきった様子だったが、すぐに真面目な顔つきになり、将の目を真っ直ぐ見詰めてきた。「バアサンが死んだの、ショックだった？」

「たぶんね」

「自分で分からないわけ？」

「ショックなのかどうかも分からないぐらいショックだった。脳梗塞のせいでずっと寝たきりで、僕が介護の手伝いもしていたから」

「へえ」軽く相槌を打ったが、健太の目には真剣味が増していた。

「慣れなくて、最初は嫌だったけど、面倒を見ているうちに、絶対自分が最期までやらなくちゃいけないっていう気になった。だから亡くなった時は……やはりショックだったな」

「あんた、別に医者じゃないじゃん」

「医者だろうが何だろうが関係ないよ。家族なんだから」

「それで引きこもりになったんだ」

そうだ、とうなずけなかった。あればインチキな引きこもりだったから。

たぶん、引きこもりには多くの段階がある。自分の部屋から一歩も出られず、トイレや風呂の時だけ外へ行くのが最も深刻な状況、ランクAだとすれば、自分の場合はランクEぐらいだっただろう。家の中に誰もいなければ、自分の部屋以外で食事をすることもあったし、夜中には出かけて、コンビニエンスストアの梯子(はしご)をして時間を潰していた。何よりネットがつながっていたので、社会から切り離された感じなんかなかったのだから。それをバーチャルで空疎な関係という人もいるだろうが、ryoのようなネット上の仲間は、自分には優しかった。「気持ちは分かる！　ゆっくりやればいい」って言ってくれたのは、amiさん。

チャット仲間で「賢人」と呼ばれていたtoki氏は、「誰の人生でもそういう時期はあるよ」としみじみと語ってくれた。まるで、本当に人生経験豊富な老人のように。

「気にしないのが一番。これって、優しさの現れってやつ？」と調子のいい言葉をくれたのは、yosuke氏だった。

投げかけられた慰めの言葉に、どれだけ癒されたことか。心地好い空間を出て行くことなど、考えられなかった。このまま、顔も知らぬ仲間たちとの会話だけを支えに、部屋で朽ち果ててもよかった。

「本当に引きこもってたわけ？」健太が疑わしそうに訊いた。「その割に活動的じゃん」

「僕の引きこもりなんて、インチキだから」

「へえ。それで、麻生さんの手伝いなんかしてるんだ」

「あの人はやり過ぎだ」これだけはきちんと言っておかなくちゃ。将は声を鋭く尖らせた。「人の家のことにまで首を突っこむなんて、常識外れだよ」

「あんた、麻生さんのこと、何も知らないんだ」

「え？」

「あの人、接着剤なんだよ」

「何だよ、それ」

「小田原は田舎だけど、どんどん変わってるんだ。でもあの人は、昔からのいい関係を壊したくないと思っている。自分が接着剤になって、街の人をくっつけようとしてるんだ」

「あのさ、そういうの、鬱陶しくない？　他人との距離感って、近ければ近いほど面倒臭いじゃない」

「その割に、ネットのつき合いはお盛んなんだって？　それはいいんだ」

言葉に詰まる……この男は、どうして僕のことをこんなに知っているのだろう。これもジイサンが話したんだろうな。まったく、余計なことばっかり喋りやがって。

「そんなの、僕の勝手だろう」

「ふうん……俺は普通だから、そういうの、分からないね」

「普通じゃないから、高校をサボったり家に寄りつかなかったりするんじゃないのか」将はようやく反論したが、健太は応えていない様子だった。

「麻生さんとは普通につき合ってるから。あの人とはちゃんと話もできる。俺は……」

「家族が嫌いなだけなんだ」

今度は健太が言葉に詰まった。顔が赤くなり、怒りで目が細まる。

「だけど、おばあさんのことは好きだったんだろう？　君も介護してたそうじゃないか」

「……それは当然じゃん」

将は無言でうなずいた。家族の関係さえ希薄になる時代でも、どうしても否定できない絆もある。自分が祖母の世話をしていたのもその一つだ。そしてたぶん健太は、自分よりも強く家族の絆を信じている。両親に反発するのも、その裏返しじゃないか？　僕は……父親も母親も、どうでもいい存在だったけどね。

「本当に……」将は声を潜めた。「おばあさんは殺されたと思ってるのか」

「ああ」真剣な表情で言って健太がうなずく。

「だけど、動機は」

「分からない。分かれば言ってる」

まさか、遺産目当てとか。さすがにそれは訊けなかったし、健太が家の財務状況を把握しているとも思えなかった。

「どうすんだよ、これから」

「あのさ」将は額をゆっくり揉んだ。頭痛はだいぶ収まってきたが、健太の言葉が時折脳に突き刺さる。「人に物を頼んでおいて、そういう言い方はないいんじゃない？」

「俺は麻生さんに頼んだんだ。あんたはただのアシスタントだろう」

「そんなこと、引き受けてないから」

「じゃあ、あんたは何なんだよ」健太が声を荒らげた。「麻生さんのところで食わせてもらって、だらだらしてるだけじゃないか。そんなのでいいのかよ」

「君に言われたくない」

「情けないね。俺は、あんたみたいな二十歳になりたくないな」

「二十一だ」

「だったらもっと悪いじゃん。最悪だな」最後はあざ笑って、健太がベンチを立った。自動ドアが開ききるのを待たず、体を横にしてコインランドリーから出て行った。

将は後ろ姿をぼんやりと見送った。何なんだよ、あの男は。要するにバアサンが死んだショックで、少しおかしくなってるだけじゃないのか。それで祖父に甘えて……両親には頼れない、だけど誰かに助けて欲しい。そんな風に考えるのも、分からないわけじゃない。僕だったら、間違いなくネットの世界に戻るけどね。あそこは楽だから。
でも健太には、頼れる相手が近くにいるんだよな。
羨(うらや)ましいのかもしれない、と思った。

初めて乗った大雄山線に、将は妙な懐かしさを覚えた。ああ、自宅近くを走る世田谷線に似ているんだ、とすぐにぴんとくる。世田谷線は、民家が密集した住宅地の中を、ほとんど軒先をかすめるように通っている。単線の大雄山線沿線の光景も、小田原駅に近づくに連れて細かいカーブが増えてスピードが落ちるのも、世田谷線と同じ感じだ。
小田原駅で東海道線へ乗り換え、十時過ぎに祖父の家へ戻った。祖父は八畳間で紙に向かって何か書きつけており、将が部屋に入って行っても何も言わなかった。無視されているのが悔しく、わざと足を踏み鳴らしてみる。

「今日の仕事だ」将の顔を見もせず、祖父が無愛想に言った。

「は？」

「聞き込みだ」祖父がようやく顔を上げ、顔の横でひらひらと紙を振る。表計算ソフトで作ったようだが、さらに手書きで書きこみがしてあった。

「ちょっと待ってよ。何でいきなりそうなるの？」将は精一杯突っ張って言った。こちらが見下ろしているのだから精神的に有利なはずなのに、何故か落ち着かない。巨大な仏像を相手に話しているような気分になった。それでも頑張って抵抗を続ける。「昨夜はどうしてたんだとか、そういうことは聞かないわけ？」

「いい大人が何をしようが、俺の知ったこっちゃない。夜遊びも結構じゃないか」

「遊んでたわけじゃないのに……」ぶつぶつ言ったが、今度は完璧に無視された。

「話を聞けそうな人間のリストを作ったから、お前、ちょっと行って来い」

「冗談じゃないよ」

「昼間出歩いたら溶けるのか？　そんなはずはないだろうが。さっさと行け」

「だけど……」

「連絡用に携帯は返してやる」

餌で釣ってきたか……分かってはいても、祖父の申し出は魅力的だった。ネットにアクセスしていなかった間、何があったかも確認しておかなくてはならない。

気づくと将は、祖父が作った一覧表を受け取っていた。

何でこんなことしなくちゃいけないんだ。だいたい、二年間もほとんど誰とも話していなかったのに、聞き込みなんか……かすかな胃の痛みを感じると同時に、将は少しだけ気持ちが湧き立つのを意識した。久しぶりの携帯。バッテリーはまだ持ちそうだし、さっそくいつものSNSにログインして……指が動かない。この状況――祖父に拉致され、刑事の真似事をさせられている――をryoにメールしたら、喜んでもらえそうなのに、メールを打つ気にもなれない。

じりじりと照りつける陽射しの下、将は携帯を握り締めたまま歩道に立ちすくんだ。真夏のような一日で、立っているだけで汗が噴き出してくる。そのせいか、出歩いている人もほとんどいなかった。時折通り過ぎる車が立てる音も、耳に入らない。額の汗が液晶画面に垂れ、そのまま滑り落ちる。ブックマークからアクセスして……当然、IDもパスワードも暗記しているのに、指が動かない。

何なんだよ。あんなにあの世界に戻りたいと思っていたのに。将は呆然と画面を見詰めるしかできなかった。どうして。線を踏み越えたつもりはない。こちらの世界に戻って来たつもりなど……いろいろ動き回っているのは、単にトラブルを避けるためだ。まだ祖父の本音が読めないし、正直言って怖い。勝てない相手に玉砕覚悟で立ち向かう勇気など、とうになくしていた——あるいは最初からなかったのか。だから言うことを聞いているのだが、本当は自分が何を考えているのか、何をしたいのかが分からない。

将は携帯電話をポケットにしまい、うなだれたまま歩き出した。手にしたリストは、早くも汗で湿り始めている。

「麻生さんのお孫さん？　あらまあ」目の前の老女が目を見開き、顎に拳を当てた。心底嬉しそうなのだが、将にはその意味が分からない。「今日は暑いでしょう？　帽子も被らないで、まあ……」

不意に昔の記憶が蘇った。帽子も被らないで……小学校の低学年の頃だっただろう。今日と同じで蒸し風呂のようだった夏休みのある日。外で遊んで帰ってきた瞬間の将を見て、母が零した台詞である。その時浮かべていた、困ったような嬉しそうな表情。元気で遊び回るのはいいけど、日射病にでもなったらどうするの。

「大丈夫です。あの、ちょっとお訊きしたいことが」

「いいですよ。でも、その前にちょっとお茶でも飲んで涼んで下さい」

老女――近所に住む藤沢晶子(ふじさわあきこ)がすぐに家の中に引っこんだ。玄関に取り残された将は、どうしていいのか分からず、玄関でぼうっと突っ立ったまま、彼女が戻るのを待った。やがて戻って来た晶子は、将の姿を見てまた驚いたように目を見開き、「座って」と明るい声で言った。

口の中でもごもごと返事をして、将は玄関先に浅く腰かけた。晶子が置いた盆の上には、麦茶の他に水羊羹。水羊羹か……こんなもの、目にしたのはいつ以来だろう。いや、もしかしたら知識としては知っていても、生で見るのは初めてだったかな？　舌触り、味の記憶が全然ない。

「麻生さんに、こんな大きなお孫さんがいたなんてねえ。今、おいくつ？」

「二十一です」

随分上品な人だと思いながら、将は答えた。年の頃、六十代前半。

ふんわりと盛り上げた髪形は、柔らかい顔つきとよく合っていた。顔にはほとんど皺がなく、穏やかな笑みを浮かべている。

「そう。香恵さんのね……」笑みが少しだけ崩れる。

それにしても、母親の名前ではなく祖父の名前が先に出てくるとは、ねえ。この地域における祖父の存在の大きさを、将は改めて感じ取った。

「それで、今日はお伺いしたいことがあるんです」いつまでも自分のことを詮索されたらたまらない。将は本題を切り出した。

「はいはい、私で答えられることなら」

「あの、田口さんの家のことなんですけど」

「残念だったわねえ」晶子が頬に手を当てる。「私もお葬式には行きましたよ」

「どんな感じだったんでしょうか」

「どんな感じって？」晶子の顔に疑念が浮かぶ。優しそうな表情は一瞬にして引っこみ、目が細くなった。

「家族関係と言いますか……」

「どうしてそんなこと、知りたがるの？」口調も一気に、追及するようなものに変わった。

「それが……祖父に、訊いて来いと言われまして」まさか「たきが殺されたかもしれないから」とは言えず、将は苦し紛れに祖父の名前を持ち出した。途端に晶子の表情が、また穏やかになる。

「麻生さんが、ね。だったら何か理由があるんでしょう……お茶、冷たいうちに飲んで」

「はい」

「本当に。汗、かいてるわよ。タオルは？」

「大丈夫です」

氷がたっぷり入った麦茶は、口の中が痛くなるほど冷たかった。胃壁が刺激されたせいか、まだ残っていた頭痛がしばし遠のく。

「水羊羹も食べて。遠慮しないでね。ちょうど十時のお茶の時間でしょう」

そういえば、結局朝飯は抜きで、空腹は極限に達していた。だが、人の家で何か食べる気にはなれない……晶子は、皿を手に持って勧めてきた。考えてみれば、容器から出してしまったのだから戻せない。

空腹も手伝って、結局受け取ってしまう。スプーンで削り取って口に入れると、最初冷たさが、続いて甘さが口に広がる。滑らかな舌触りの中に時折混じる小豆の粒が、歯に心地好い。そうか、水羊羹ってこんなに美味かったのか。合間に飲む麦茶の素っ気無い香ばしさが、また美味い。

「田口さんの家、たきさんが倒れてから大変だったのよね。私もこの年だから、他人事じゃないけど」

「そうですか？　お元気そうですけど」

「七十五歳にもなると、いつ何があってもおかしくないわよ」

将は一瞬言葉を失った。七十五歳？　十歳ぐらい、若く見える。だが、それを口にするのはわざとらしいのではと思い、言葉を呑みこんだ。

「どんな風に大変だったんですか？」

「あそこのお宅、家で仕事されてるでしょう？　二十四時間、縛りつけられちゃうのよ」

「ああ」将は気の抜けた返事をした。そういう感じは何となく理解できる。祖母の世話は積極的にしていたが、日曜など一日家にいる時は、さすがに気詰まりを覚えた。その記憶は未だに新しい。

「お仕事しながらでも、どうしても気になるでしょう？　介護の人が来ていても、ちゃんとやってくれているかどうか、心配になるじゃない」

「そんなに心配することはないと思いますけど」将は首を傾げた。

「プロなんですし」

「でも、介護士なのに扱いが乱暴な人はいるのよ」晶子が声を潜めた。「ここだけの話だけど、この辺でも評判が悪い人がいて。介護中に骨折させちゃった話なんかもあるのよ。アメリカだったらすぐに裁判よね」

「わざとですか？」

「まさか」晶子が顔の前で大袈裟に手を振った。「事故よ、事故。私が聞いた話では、抱きかかえて起こそうとした時に手が滑っちゃったって言うんだけど、あり得ないわよね。雑なの」

「ええ」

最初に祖母の介護をしてくれた人も、かなり乱暴だった。プロだから、相手に痛みを与えるようなことはないだろうと思っていたのだが、見ていてはらはらしたものだ。それに、時折放たれる嫌そうな言葉。「しっかりして下さい」「世話かけないでね」。嫌味な言葉の本意は何だったのだろう。将には、単にストレス解消をしているようにしか聞こえなかった。それが、将が祖母の世話をできるだけするようになった理由の一つである。

「だから、泰治さんも仕事が手につかないような状態で。一度疑いを持つと、信用するのは難しいわよね。介護する人は何人も代わったんだけど、納得できなかったみたいですよ。結局、一年前からは家族だけで世話するようになったわけね」

どうしてこの人は、人の家の事情をこんなに詳しく知っているのだろう。将は首を捻りかけ、慌てて背筋を伸ばした。お節介なバアサンだ、という皮肉を呑みこむため、残った水羊羹を一気に食べ、麦茶を流しこむ。

「家族だけだと、大変だったんでしょうね」

「ねえ」晶子が同調する。「仕事もある、介護もある、手間は二倍よね。外で仕事をしていれば、気持ちの切り替えもできたかもしれないけど、二十四時間はきついわよ。夜中のトイレなんかも面倒見なくちゃいけないし、赤ん坊と同じ」

だったら僕の父は何なんだろう。気持ちの切り替えどころか、実の母親の存在を完全に無視してたじゃないか。土日だって、いつも「接待だ」と出かけて、夜中まで帰って来なかった。どこへ行っていたのか知らないけど、あれはどう考えても責任回避だよ。

「相当大変だったんですね」

「健太君が手伝ってたみたいだけど、高校生ぐらいだと、やれることは限られてるわよね」

「でも彼は、高校もサボってたし、あまり家にも寄りつかなかったみたいですよ」

「本当は優しい、いい子なのよ」たしなめるように晶子が言った。

「たきさんの世話は、かなりまめにしていたみたい」

「ご両親を助けるために？」

「というより、おばあちゃん子だったのね。ご両親が一緒に仕事をしていたから、おばあちゃんに育てられたようなものだし。でも泰治さんも、もっとちゃんと面倒を見てあげればよかったのにね」

「何か、変な噂は聞きませんでしたか？」

「噂って？」警戒したのか、晶子が身を引いた。

「噂は噂です」

「あなたこそ、何か聞いてるんじゃない？」

「例えば、誰かに殺されたとか……」

「冗談でしょう？」晶子が目を見開く。

「あ、いや、今のは忘れて下さい」

馬鹿、何言ってるんだ。将は慌てて否定したが、晶子は疑わしげに
将を見るだけだった。

「あの家の中で、何があったの？」

「いや、本当に、何でもないんです。何も聞いていないなら、いいですから」

余計なことを言っちゃったよ、と将はにわかに不安になった。こんな話が広まったら、大変だ。

14

自分でも聞き込みに回りたかったが、麻生は何とか気持ちを抑えた。自分が動けば、「何かあったのかもしれない」と、街の人たちが心配するかもしれない。代わりに、原口と電話で話す。眠そうだった。昨夜最後に話したのは午前一時頃。それからもまだ、いろいろと後始末に追われていただろう。

「今日は皮肉は勘弁して下さい」

「失敗した人間に言い訳は許されない。だいたい、あんな尾行しやすい状況で、どうして失敗したんだ」

「そもそも顔を知られてますから……」

「ま、仕方ないな」原口の無念が麻生の頭に染みこむ。

「追跡は続けてます。さっき、藤沢で、放置した車を見つけました」

「ほう」麻生は受話器を握り締めた。「車を捨てて電車で逃げたか」

「それは分かりませんけど、車の中をチェックしていたら、いろいろ面白いものが出てきましたよ」

「例えば？」

「どうも奴は、船で逃げるつもりのようですね」

「密航か」麻生は額をゆっくりと揉んだ。そういうのは、日本海側でよく起きる話である。太平洋に面した小田原辺りから中国を目指すのは、かなり無理がある。あるいは自分が知らない間に、中国の密入国斡旋ブローカーの蛇頭は長い航海に耐えられる大型船を導入したのか。

「ええ。それも、あの二人も一緒に」

「冗談じゃないぞ」麗華はともかく、三原は完全に我を失っているのではないか。惚れた女と一緒に、ヤクの売人の手引きで中国へ渡る？　あり得ない。「で、二人——麗華と三原の行方は」

「今のところ、手がかりはないです」原口の声から元気さが消えた。

「船はどこから出るんだ？」

「今、調べています。暗号みたいなんですよ」

「暗号ぐらい、その場で解読できなくてどうする」

「無理ですって」呆れたように原口が言った。「専門家の力が必要でしょう」

「だらしないな」鼻を鳴らしたが、言いがかりに過ぎないことは自分でも分かっていた。「麗華はともかく、三原の家族にはどう説明するつもりだ」

「それ、我々がする必要、あるんですかね。今のところは何の問題もないわけだし。少なくとも表面上は」原口が逃げを打った。「でも、そろそろ事情を話した方がいいでしょうね」

「何が言いたい？」嫌な予感を覚え、麻生は一歩引いた声で訊ねる。

「麻生さんから話してもらうわけにはいきませんかね。防犯アドバイザーとして……正式な肩書きなんですから」

「何だよ。面倒なことだけ、俺に押しつけるつもりか」

「いやいや、滅相もない」慌てて原口が言い訳する。「こういうことは、やはり麻生さんみたいな名人じゃないと上手くいきませんから。それにこっちは、ちょっと人手が足りない状態で」

「本当だろうな？　昼休みが長引いてるだけじゃないのか」中国人のヤクの売人一人捕捉できない——昨夜の失態を思い出すと、かすかな吐き気を覚えた。県警もレベルが落ちてきたのか。

「とんでもないです」慌てて原口が言った。「本当に、その……麻生さんのお力をお借りしたく、ですね」

「警察的には、どこまで話していいんだ？」麻生は腹を決めた。実際は、小川から相談を受けた時に、最後まで自分が面倒を見ることになるだろうと覚悟してもいた——三原が遺体ででも見つからない限り。

そうなったら、捜査一課の仕事になる。

「今分かっていることを、全部。今後の連絡についてもよろしく伝えて下さい」

野郎、こっちに判断を押しつけやがったな、と麻生は呆れた。警察としては、三原が麻薬のビジネスにどこまでかかわっているかを知りたい。そのためにはあの男を捕まえなければならないわけで、家族に網をかけておくのは必須の捜査である。連絡があったらすぐに通報して欲しい――ショックを与えず、家族を納得させることができるか。

電話を切って、麻生はガソリンスタンドに電話をかけた。小川を呼び出し、これから三原の実家に行く、と告げて同行を強要する。彼の存在が、家族に対する緩衝材になるのでは、と期待したのだ。続いて将の携帯に電話を入れる。やけに低い、慎重な声で話したので、どこかの家に上がりこんでいるのだ、と分かった。どこかでサボっているのではないかと思ったのだが、案外真面目に回っているようではないか。尋問テクニックもない若僧が、どんな話を聞きだしてくるかは分からないが……この援軍二人は、どこまで当てにできるだろうか。

援軍として、結果的に小川は何の役にもたたなかった。麻生が失踪(しっそう)の事実を告げた瞬間、三原の母親、多加子(たかこ)は泣き出してしまったのだが、小川は消え入りそうな声で慰めの言葉らしきものをかけるだけだった。

「ですから、それほど日数が経っているわけじゃないし、彼は真面目に働いていて、失敗なんかしたことないわけで……」

先生に叱られて言い訳する小学生か、と苦々しく思いながら、麻生は小川の腕を引いて振り向かせ、首を横に振った。黙っていろ。こういう時は、相手が落ち着くまでいくらでも時間をかけていい。何か訊ねた時、慰めの言葉を欲しがった時だけ、喋ればいいのだ。

五分ほど、多加子は玄関先で座りこんだまま啜り泣いていた。反応が極端過ぎる、と麻生は次第に疑念を感じ始めていた。自分は、三原が「仕事に出てこなくなった」と言っただけである。何かしでかしたとか、事件に巻きこまれたなどとは、一言も口にしていない。それをどうして……息子を疑い、心配しなくてはならない事情があるのだ、と分かる。

「奥さん、まだ何かあったと決まったわけではないんですから」ようやく泣き止んだ多加子に、麻生は静かに声をかけた。上から見下ろして話すのはまずい。狭い玄関に無理に腰を下ろすと、一気に彼女との距離が縮まったが、多加子は気にする様子もなかった。

「でも……」多加子がやっと顔を上げる。薄い化粧はすっかり崩れ、疲労感と恐怖が顔を支配していた。「信じられません。昨日も電話があったんですよ」

「何ですって？」麻生は頬が引き攣るのを感じた。「どういう話でした」

「二、三日中に、こっちに寄るって……持っていきたいものがあるって言ってました」

「その時どこにいたかは分かりませんか」

「それは……アパートにいるものだとばかり」

逃亡準備のために、実家から何か持ち出すつもりなのだ。これは、実家とアパートの両方で張り込みをする必要がある。原口に進言しよう。

「三原君は、どんな子だったんですか？　この不況の時代にきちんと就職できてるんだから、勉強も頑張ったんでしょう」

「はい……でも……」

「真面目な子どもさんなんじゃないですか？　子どもさんっていうのはちょっと変ですかね、もう立派な大人なんだから」未成年だという事実を無視して麻生は言った。

「そんなこと、ないです……あの、息子は、本当はどこにいるんでしょう？」

「残念ですけど、まだ分かりません」麻生はことさらゆっくりと首を振った。あまり慰めにならないのは分かっていたが、言葉にした。

「でも警察もきちんと捜していますから、すぐに見つかると思いますよ。私も、小田原中央署の防犯アドバイザーとして、捜索に協力します」

「息子は何かやったんじゃないんですか？」

「今のところ、そういう事実はありません。一つお伺いしますが、こちらにはよく帰って来てたんですか？」

「五月の連休……六月ぐらいまでは。でも、ここ一か月ぐらいは顔を見てません」

「電話は？」

「こっちからはかけてましたけど、留守電になってることが多かったですね。通じたのは一回か二回で。昨日は久しぶりに話しました」

「昨日は、何か変わった様子はありませんでしたか」

「それは……」多加子が拳を顎に当てた。集中して考えているせいか、目が寄る。「少しそわそわしていた感じですけど」

恋か。鴨宮飯店の連中が観察していたよりも深く、三原と麗華の関係は進んでいたのかもしれない。

「女性関係はどうですか？」

「どうでしょう」多加子の口調に戸惑いが混じった。麻生は、この親子の微妙な距離を感じ取っていた。恋愛問題をあけすけに話せる親子と、話題にしたくない親子。多加子と三原の関係は後者ではないか、と思った。特に息子の場合、母親には話しにくいのかもしれない。

「他には何か？　気になることはありませんでしたか」

「いえ、特には……」

「分かりました」麻生は腿を叩いた。用件はこれで終わり、の合図。

「とにかく電話があったら、すぐに私にでも警察にでも連絡して下さい。保護します」

「保護しなくちゃいけないようなことなんですか？」多加子の声が震える。

「いや、これは失礼」麻生はわざとらしく額を叩いた。ぴしゃりという音に、多加子の口元が少し緩む。「保護というのは警察用語です。単に警察に来てもらう、という程度の意味ですから。現役時代の癖が抜けないもので、失礼しました……三原君も、案外ガールフレンドと一緒にいて、楽しくて連絡を忘れているだけかもしれませんしね」

「ガールフレンドですか？」多加子が疑わしげに言った。口の脇の皺が少しだけ深くなる。

「そういう年頃でしょう。ただし、バランスを取るのが難しい年頃であるのも確かです。あの年代は、惚れたら一直線ですからね」

「そうですか？　子どもとばかり思ってて、ガールフレンドなんて……」

やはり三原は母親に何も話していないな、と確信する。この家からは、これ以上情報を取れそうにない。結局、不安にさせただけか……後味が悪い。全てが上手くいくわけはないと分かっているのだが、現役時代からこういう瞬間が嫌いだった。歯車が微妙にずれて、動きが止まってしまうような瞬間。

「では、あまり気になさらず」我ながら白々しいと思う台詞をきっかけに、麻生は立ち上がった。「とにかく連絡を忘れないようにして下さい。私の方でも、何か分かったらすぐに電話します」

「すいません、店長さんにもご迷惑をおかけして」

「とんでもないです」小川が顔の前で大袈裟に両手を振った。攻撃を避けるためのようなジェスチュアになってしまったが。「あの、うちは大丈夫ですから。いつ戻ってもらっても」

本気か？　三原に今後、どういう運命が待っているかは分からない。逮捕されるようなことになっても、その後の人生の面倒を見るというのだろうか。適当なことを……首を振ってから、麻生は改めて多加子に「よろしくお願いします」と声をかけた。

玄関を出ると、肩を一度だけ上下させた。ふっと息を吐き、夏の陽射しに目を細める。小川は盛大に溜息をつき、ズボンのポケットから車のキーを取り出した。

「どうして何も言わなかった」麻生は将に声をかけた。

「どうしてって……」将が首を傾げる。「だいたい、何で僕を呼んだわけ？」

「お前に話をさせるためだ。分からん奴だな」麻生は大股で車に向かって歩き出した。

「そんなこと、聞いてないよ」不機嫌に言い放って将が追いかけて来た。

「言われなくても自分の判断でやれ」

「意味分かんないんだけど」

麻生は車のドアに手をかけた。当然ロックされたままだが、苛立ってガチャガチャと音を立てる。慌てて小川がロックを解除した。麻生は素早く助手席に滑りこみ、背広の襟を撫でつけて一息ついた。ほんの短い時間放置していただけなのに、車の中は燃え立つように暑くなっており、すぐに汗が噴き出てくる。小川がエンジンをかけ、エアコンの風量を上げた。麻生は体を屈めて、冷風が直に顔に当たるようにした。

「あれで何とかなりますかね」小川が遠慮がちに訊いた。

「分からん。二人は海外へ逃げるつもりかもしれない」

「どういうこと？」

後部座席に座った将が、身を乗り出して訊いてくる。ほう……麻生は孫の意外な態度に目を細めた。今まで将の方から、何か訊ねてくるようなことがあっただろうか。考えてみれば、孫との会話はほとんど、自分が何か言い、それに将が反発する流れだった。突然興味を引かれたのはどうしてだろう。

「気になるか？」

「いや、別に」

将が素っ気無く言ったが、本音ではない、と麻生は感じ取った。人間は誰でも他人の動きが気になる。だからこそ、無責任な噂話も広がるのだ。人との交わりを絶ち、一人きりで生きていくつもりでいても、やはり自分とかかわる人がどうなっているかは無視できないものだ。だからこそ、将はネットにはまっていたのだろう。現実の世界では満たされない人間関係を、架空の世界の中で再構築しようとしていたに違いない。結局人は、人の中でしか生きられない。リアルな世界では人と触れ合いたくなくても、一人にはなりたくないから、ネット上で触れ合いを求める——だがあいつは、意識してかせずか、こちら側に戻って来ようとしている。もう一歩だ。もう少し力を入れて手を引っ張ってやれば。捜査の真似事には危険も伴うが、無理矢理でも人と人とのかかわり合いに引きずりこめる。

麻生は、王亮の逃亡計画を話した。車の中に重い沈黙が満ちていき、エアコンが盛んに冷気を噴き出す音だけが耳に響く。

「どういう……ことなんですかね」小川がようやく、しゃがれた声で訊ねた。

「何とも言えん」

「うちの店はどうなるんでしょうか」

「あんたには迷惑はかけない」麻生は断言した。「店に覚せい剤でも隠してあったら大変なことだが、その心配はまずないだろう。警察に事情ぐらいは聴かれるかもしれんが、いざという時は俺も手助けするから」

「すいません……でも、噂は止められませんよね」

「きちんと説明すれば、皆分かってくれるさ。あんたは運が悪かっただけなんだ」

「そうですかねえ」

「何だったら、市民ホールを借り切って説明集会を開いてもいい」

「そんなことしたら、自爆じゃないですか」小川が溜息をつき、シフトレバーに手を伸ばした。ウィンカーの「カチカチ」という音が響き始めた瞬間、「あれ?」と短く声を上げる。

「どうした」

「まさか……」

「何だ」麻生はじれて、声を高くした。

「三原ですよ」

小川が前方を指差す。麻生は目を細めて、彼の指先のずっと先を見詰めた。

間違いない。

白いポロシャツに脹脛までのオリーブ色のパンツ。足元は、くるぶしのところで折り返したショートブーツだった。紺色のキャップを目深に被り、やけにゆっくり、周囲を気にしながら歩いてくる。ジグザグのコースを取っているのは、一々電柱の陰に隠れているからだ。あれではかえって目立ってしまう。

「伏せて」麻生は小川に鋭く指示を飛ばした。一瞬戸惑ったものの、小川はハンドルの高さまで頭を下げた。

「将、裏へ回りこめ」

「え？」

「裏だ。挟み撃ちにするんだ」

「何で僕が」

「お前は顔を知られていない。早くしろ」

短く、しかし強い調子で命じると、将が出て行った。クソ、本当は自分で先回りしたいのだが、腰に嫌な痛みが居残っている。サイドミラーで動きを見ていたが、車の背後から脇道に入っていったのが分かった。この辺りの地図は頭に入っていないはずだが……何とかなるだろう。三原がひどくゆっくり歩いているので、ある程度時間の余裕もあるはずだ。

三原が家の前に達した瞬間、麻生は思い切りよくドアを開けた。腰にぎくりと痛みが走ったが、何とか堪える。三原がびくりと身を震わせて立ち止まった。麻生が誰なのか認識できていない様子だったが、「三原君」と呼びかけると、キャップの陰に隠れた顔が不安で暗くなる。

「三原君、分かるか。麻生だ。何度か挨拶したよな」

三原はその場で凍りついたように動かない。麻生は意識して柔らかい声で語りかけた。

「ちょっと話をしよう。皆心配してるんだ」

間が空く。三原の頬を汗が一筋伝い、顎から流れ落ちる。体を左右にゆっくりと揺らし始めた。麻生は彼の顔から視線を外し、足元に注目した。膝から下に力が入っているのが分かる。年寄りだと見切って、素早い動きで幻惑するつもりだと分かった。

身を翻し、来た道を引き返し始める。一瞬でトップスピードに乗ったのは大したものだが、自ら網にかかりにいくようなものだ。二十メートルほど離れた路地から、将が姿を現す。自分の方に走って来る三原を見て、一瞬驚いたような表情を浮かべたが、その後の対応は褒めてやってもよかった。邪魔になると思ったような振りをして一歩引き、また路地に引っこむ。それを見て麻生は、三原を追いかけ始めた。スピードではさすがに敵わないが、三原は既に逃げ場を失っている。将が再び姿を現した。完璧なタイミング。真っ直ぐ走り続けた三原は、いきなり横から人が出てきたためか、体を捻ってスピードを落とさざるを得なかった。将が大きく一歩を踏み出し、体ごとぶつかっていく。バランスを崩した二人は、もつれ合いながら歩道に転がった。三原は必死に立ち上がろうともがいたが、下になった将が両腕を摑んで自由を奪っている。腰の痛みを我慢しながら追いついた麻生は、三原の襟首に手をかけ、思い切り引っ張った。ポロシャツのどこかが裂ける音が聞こえたが、構わず体を引き上げる。三原が逃れようと両手を振り回したが、麻生はそれをかいくぐって後頭部を一回平手で殴った。それほど強い一撃ではなかったが、三原は力を抜かれたようにその場にへたりこんでしまう。

将は尻餅をついたまま、啞然として二人を見ていた。麻生は呼吸を整えながら、「逃げなさんなよ」と三原に忠告する。小川が、すぐ側まで車を転がしてきた。麻生は三原の腕を取って、無理矢理車の方に押していった。将はまだ歩道に座りこんだまま。両手を背中側につき、体を反らせて呼吸を整えている。顔全体を濡らす汗に、こめかみから流れ落ちた血が混じってピンク色になった。車から降りてきた小川が、三原の腕を摑む。

「何やってたんだ！　心配したんだぞ！」

怒りと安堵感の混じった声。それを聞いた瞬間、三原の体から力が抜けた。麻生は腕をきつく摑んだまま彼の体を支え、車の中へ誘導した。後部座席に押しこむと、将に目をやって「よくやった」と低い声で告げる。こいつ、案外度胸があるな。この分なら、鍛え直してまともな生活に戻すのに、大した手間はかからないだろう。実家から引っ張り出して、ここへ連れてきたのは正解だった。

褒め言葉が聞こえたのか聞こえなかったのか、将は呆然としたまま麻生を見詰めるだけだった。


三原は最初泣き出し、涙が引くと今度は無言を貫き始めた。麻生はガソリンスタンドに戻るよう、小川に指示した。ここからだと二十分ぐらいだろう。短い時間を利用して、何とか三原の心を開くことができれば、と願った。

「覚せい剤を使ってるのか」

「え？」

驚いたように、三原が麻生の顔を見る。麻生は、彼の膝をぽん、と軽く叩いた。それで彼の体の硬さが取れ、肩ががっくりと落ちる。

「そんなこと、してないよな」

三原が思い切り首を縦に振る。飛び散った汗がシートに落ちた。嘘はないと判断し、麻生は穏やかな笑みを浮かべてやった。

「鴨宮飯店の麗華ちゃんとはどういう関係だ」

「関係って……」三原の言葉が途切れる。この愚図愚図した感じは将と似ているな、と麻生は感じた。最近の若い奴はみんなこんな感じなのか。

「可愛いよな。アジアンビューティーってやつか？」

「そんなことないけど」照れて言ったわけではなく、会話を断ち切るきっかけにしたいようだった。その証拠に、腿の上で握り締めた手は強張って筋が浮いている。

「店で会って一目惚れって感じか」

急に三原が黙りこんだ。うつむき、自分の足元に視線を落とす。握り締めた両手が震え始めた。

「つき合う相手は考えた方がいいぞ」

「何が」面倒臭そうに三原が言った。

「彼女が何をやっているか、知ってるか？　店の裏で誰と会ってたか、知らないのか」

「何……が」同じ台詞を繰り返したが、微妙に調子が狂っている。

出会って二か月、つき合い始めたとしても一か月ぐらいのものだろう。

そんな短い期間では、裏面どころか表の顔さえ完全には知らないはずだ。

ここからが問題だ。麻生はすっと息を吞み、爆弾投下の準備を整える。

「麗華ちゃんは、中国人の麻薬の売人とつき合いがあったんだぞ」

「え？」すぐには事情を吞みこめない様子で、三原が間抜けな声で聞き返す。

「王亮という男だ。県警がマークしている。君は、密航してどこかへ逃げるつもりだったな？……麗華ちゃんと」

無言。だが、緊張で車内の空気が熱くなるのを麻生は感じた。この男は何も知らないのだ。今ならまだ引き返せる。

「君も一緒に行くつもりだった。実家へ寄ろうとしたのは、取って

こなくちゃいけない荷物があったからだろう？　やめておけ。今なら
まだ抜けられる」
「俺は――」いきなり三原が声を張り上げる。「俺は、麗華と――」
「人を好きになるのは素晴らしいことだと思う」麻生は状況説明を
ストップし、三原に言い聞かせた。「ただし誰かを好きになってしま
うと、大事なことが見えなくなる場合も多いんだぞ。今の君がまさに
そんな感じだ。麗華ちゃんが悪い人間だとは言わない。だが、つき合
っている人間が悪いと、自然に悪の色に染まってしまうんだ。君まで、
そういう色に染まる必要はない。中国に行ってどうするつもりなん
だ？　向こうで、密航者としてずっと暮らしていけるとでも思ってる
のか？　もう少し大人になれ。常識的に考えて、そんなことは不可能

だぞ」

「だけど、約束が！」三原が腕時計を覗きこむ。そうか、やはり王亮は、早急（さっきゅう）に日本を離脱する道を選んでいる——三原は一種の人質だったのかもしれない。日本人を一人丸めこんでおけば、何かと役に立つだろう。

「そんなもの、忘れろ。君が家にいない間、何が起きたか知ってるのか？」言いながら、麻生は三原の横顔を観察した。緊張と暑さのために、額からこめかみにかけて汗で濡れているのが見えたが、それは不自然なものではない。本人が麻薬を使っている兆候は何もなかった。

「麗華ちゃんはどうだ？　一緒にいて、何か様子がおかしい感じはしなかったか？」

「麗華は……何でもない！」

「彼女が、王亮という麻薬の売人と接触していたのは間違いないんだ。県警はその事実も掴んでいる」その情報を提供したのは麻生本人だが。「切れた方がいい。今ならまだ何とでもなる」

「何で俺が！　人に言われて切れるなんて！」

頭の中はまだ熱いままか。そろそろ消火活動に移らなくてはいけないと考え、麻生は切り札を出した。

「誰かが君の部屋に覚せい剤を仕込んだ」

「え？」

「悪いが、家捜しさせてもらったよ。その時に、覚せい剤が入った袋を見つけた。自分で隠すとしたら絶対にあり得ない場所に、な。つまり、誰かが君を引っかけようとして部屋に置いたんだ。たぶん、麻薬でがんじがらめにするつもりだったんだろうな」

横を見ると、三原の顔から一気に血の気が引いていた。疑うべき人間は一人しかいない。

「麗華ちゃんは、君の部屋に来たこともあるんじゃないか？　そんな時に、こんな小さな包みを隠されても分からないよな」麻生は親指と人差し指の間を三センチほど開けた。

「知らない。そんなこと、全然知らない！」三原が叫んだ。叫ぶことによって内圧を低め、体を吹き飛ばそうとする疑念と怒りを放出しようとしたようだった——プライマル・スクリーム。

「知らないならいい。俺が君を守る。ただし、それには条件があるぞ。

麗華ちゃんとの間にあったことを全部喋ってくれ。それは警察の捜査にも役立つことだし、君自身は傷つかない。これからも、今まで通りに仕事をしていけるよ。なあ、店長？」

「はい！　ああ、そうです……」いきなり話を振られ、小川が甲高い声を上げた。

「ということだそうだ」自分に言い聞かせるように麻生は言った。

「なに、女のことなんてすぐに忘れられる。男は案外強いもんなんだぞ。それに君ほどのイケメンなら、放っておいても女の子の方で寄って来るよ」

三原がまた泣き出した。

15

参ったな……将は鏡を覗きこんで、傷の具合を確認した。髪の生え際が擦れて赤くなっているが、出血は止まっている。この場所だと絆創膏も貼りにくいし、放っておくしかないじゃないか。消毒し、しばらくティッシュペーパーで押さえておく。瞬きすると鈍い痛みが走ったが、我慢できないほどではなかった。

痛みよりも怒りの方が強かった。まったく、あのクソジジイ、無茶させやがって。もしもあの三原とかいう男が武器でも持っていたら、どうするつもりだったんだ。僕は今頃刺されて、死んでいたかもしれない。

ズボンのポケットから携帯電話を引っ張り出す。この話は、他人が聞いたら面白いかも。少し内容を膨らませて、ryoにメールしようか。捜していた相手を追いつめ、強烈なタックルで地面に這いつくばらせて……違うか。そんなことを自慢しても何にもならない。

将は唐突に、自分が二年間つき合ってきた連中のことを思い出した。ryoって、どういう人間なんだろう。自分より年下の大学生で、バイトに忙しくて……それ以上の情報がない。何となく、「年下」は嘘ではないかと思っていたのだが、それも将の想像に過ぎない。

他の連中もそうだ。例えば、やたらと優しい言葉で慰めてくれた

rei……あの人は誰なんだろう。女性だ、とは言っていた。三十代、子どもは小学生の男の子。その子がやはり引きこもりで、苦労している。そのせいだろうか、将に対してはくすぐったくなるほどの言葉をかけてくれた。「焦らなくていい」「粘れるだけ粘っても大丈夫」「外に出る気になったら出ればいいんだし」。あれは何だったんだろう。僕は、会ったこともない人たちに慰められていたわけだ。温かいコメントを読むと、その時はほっとしたものだが、それであの怠惰な生活から抜け出せたわけではない。自分が身を置く環境を肯定するコメントの数々に安心し、「このままでいいんだ」と安心してしまった。

外に出るのが大事かどうかなんて、分からない。外に出たからこそ、こんな怪我までするはめになったわけだし。だけど暑い中、人と話をするのが苦手な自分が、歩き回って事情を聴いているのも信じられなかった。こんなの、自分じゃない。僕はこういう人間じゃない。

だったらどういう人間なんだ？

携帯と目を同時に閉じ、ゆっくりと首を振る。目を開けると、鏡の向こうに傷つき疲れた男の顔があったが、その男は物事が何も分かっていないような、間抜けな顔をしていた。

「ほら、もっと下……腰がどこか分からないのか？」八畳間に寝転がった祖父が、ぶつぶつと文句を言った。

「そんなこと言ったって、分からないよ」

「腰は腰だ。何で分からない？」

「煩いな」

将は適当に湿布を貼りつけた。年寄りが無理するから、腰を痛めるんだよ。からかいたかったが、そんな元気もない。

一応の治療が終わってどっかりと胡座をかいた祖父は、どこかに電話をかけて早口で喋り始めた。

「ああ、大丈夫だ。今、ガソリンスタンドで保護している……大丈夫だって。お前も心配性だな。もう逃げないよ。徹底的に言って聞かせたし、監視がついてるから。それより、一つ相談があるんだ。いやいや、面倒な話じゃない。お前たちがよくやってることだよ。そう、そうだが、話は会ってからにしよう。俺は、前途ある一人の有望な青年を、泥沼から救い出してやろうとしてるだけだ。そうなったらお前も嬉しいだろう？　俺はね、彼は警察官に向いているんじゃないかと思うんだ。来年の試験を受けさせてもいいな。こんなことがあったら必死に働くに決まってる……で、どうする？　逮捕するか？　その代わり、王亮は捕まらないぞ。そう、できるだけ早くだ。これからそっちへ行くから」

電話を切った祖父が、振り返って驚いた表情を浮かべる。将がまだそこにいるのが、いかにも意外といった感じだった。

「何だ」

「僕も怪我してるんだけど」

「どこに？」麻生が目を細める。

「ここ」将は髪をかき上げ、人差し指で傷を指した。「目、悪いの？」

「ああ、失礼。俺は、その程度の傷は怪我とは認めないんでね。唾でもつけておけば治っちまうだろう」

「もう消毒したよ」

「結構。だったらさっさと聞き込みを再開しろ。それとも、もう有力な情報を摑んだのか？」

「いや、それはまだだけど……」

「それなら、急げ」

麻生が将の顔も見ずに、玄関の方を指差した。それを無視し、将は畳の上で胡座をかいた。

「本人は何も知らなくても、犯罪になることはあるんだよね」

「ある」祖父は素っ気なく答えた。

「あの三原って奴、本当に何の関係もないの？」

「ない」断言は確信に満ちていた。

「見逃すわけ？」

「何もしていない人間を、見逃すもクソもない」

「あのさ、訊いていい？」

「質問は一日に一つだけだ。もう今日の割り当ては終わってる」祖父が節くれ立った人差し指をぴんと立てた。「……まあ、特別に許す」

偉そうな物言いは気に入らなかったが、今は好奇心が勝った。

「どうしてあんな風に面倒をみようとするわけ？　全然関係ない相手じゃない」

「ご近所さんだからな。いいか、人間は小さい存在だ。普段の生活範囲は、せいぜい半径五キロ程度だぞ。だけど俺は、そこにいる人、自分が普段触れ合う人を不幸にしたくない」

「ずいぶん望みが小さいんだね」

将はびくびくしながらも鼻を鳴らしてやったが、麻生は平然とした調子で続けた。

「何十年も刑事をやっていると、世の中全体を一人でよくするなんてことはできないのが分かる。どんなに大物のヤクの売人を捕まえようが、それで社会全体が幸せになることはないんだ。結局、一人の人間がやれることには限りがある。無駄に手を広げようとするから、かえって何もできずに終わるんだ。すぐ近くにいる人の世話をして、お節介だと言われようがどんどんかかわっていく。それで何とか、自分の周りの人間だけでも幸せにできるよう、頑張るしかない。百人がそういう気持ちでいれば、一つの町が幸せになる。千人なら――」

「自分の周りだけなんだ」将は立ち上がった。強烈な皮肉が頭に浮かぶ。少し前なら嚙み潰していたけど、今日はどうしても言っておきたかった。「でも、自分の家族は幸せにできなかったんだよね」

「何が言いたい？　俺はお前の面倒を見ているぞ」

「母さんはどうなるわけ？　仲直りしてないんでしょう。自分の価値観だけを押しつけて育てて、それで出て行かれちゃったんだから、可哀相だよね」

　祖父の顔が赤黒く染まる。怒りを何とか抑えているようで、いつ爆発するか分からない。だが将は、今回だけは引くつもりはなかった。

「自分の子育てで失敗したから、その代わりに近所の人たちを幸せにしようとしてるんじゃない？　それとも、そんなことばっかりやってたから母さんに嫌われたの？」

返事はない。

言い負かした快感はなく、何かが頭の中でぶつぶつと切れるような嫌な音を聞きながら、将は立ち上がって部屋を出た。その時頭にあったのは、斧を振るって目の前の太いロープを次々と断ち切る自分の姿だった。

反発するなら、指示なんか無視すればいいいんだ。だが将は何故か、聞き込みを再開していた。祖父を罵（ののし）った後、心に芽生えたもの——後悔、かもしれない。傷を負った人を、わざわざ苦しめて何になるんだろう。結局聞き込みを再開したのは、自分がやったことに対する罪悪感からだった。それに、田口家の事情がどうしても気になるせいもある。

祖父が作ったリストには、近くに住む高校生の名前もあった。三年生……健太とは別の高校だが、同い年だから、中学校までは一緒だったのではないか。しかし、何か聞き出せる可能性は薄いだろうと、将は半ば諦めていた。健太が自分で言っていたように、彼が通う高校は底辺校らしい。だが祖父のメモによると、今から会う相手——清川翼は、東京で生まれ育った将でも知っている進学校に通っている。幼馴染だとしても、今はすっかり縁遠くなってしまっているだろう。

帰宅したばかりだという翼は、まだ制服を着たまま将を出迎えてくれた。健太のように着崩すこともなく、シャツの裾はきちんとズボンに入っていたし、長めの髪も綺麗にカットされている。外見で人を騙すのは簡単だが、翼はそういうタイプではないようだ。校則だからきっちり守る、それを破る理由もないし、それよりもっと大事なこと——おそらく勉強——があると心から信じているようなタイプだ。たぶん、挫折など経験したこともないだろう。結局、生き残るのは優等生なんだよね。

祖父の名前を出すと、急に人懐っこい笑みを浮かべ、家に上がるように言った。将が靴を脱いで家に上がった瞬間を見計らって振り向き、「今、誰もいないんですよ」と告げる。

玄関の脇にある小部屋に通される。元々応接間だったのだろうが、今は物置兼用、というより主に物置として使われているようだった。積み重なった段ボール箱で壁は一面が見えなくなっているし、応接セットのテーブルの上には菓子箱がいくつも置かれている。ソファの上には何もなかったが、長い間誰も座っていなかったようで、将が腰を下ろすとかすかに埃が舞った。積み重なった菓子箱の隙間に、ガラス製の灰皿が見えている。煙草を吸ってもいいのだろうかと訝ったが、燃え移りそうな物が多い。身の安全のため、控えることにした。

すぐに、翼が盆を持って戻って来た。なみなみと麦茶を注いだ大きなグラスを慎重にテーブルに置くと、自分は段ボール箱の隙間から丸椅子を見つけ出してきて、背筋を伸ばし、浅く座った。高校生とは思えないぐらい、堅苦しい。

「どうも」冷たい麦茶の誘惑には抗(あらが)いがたい。将は一口飲んで、すっと汗が引くのを感じた。そういえばこの部屋は、直射日光が入りこまないせいか、幾分涼しい。

「お客さんが来たら、できるだけもてなすんだって言われてます」

「ご両親から？」そんな風に躾ける親も今時珍しいが、その言いつけを馬鹿丁寧に守っているとしたら、翼は天然記念物並みに希少な存在だ。

「麻生さんから」

「本当に？」将は麦茶のグラス越しに、疑いの視線を送った。

「小学生ぐらいの時は、よく遊びに行きました」翼がにこにこ笑いながら言った。高校生にしては幼い、屈託のない笑顔だった。「麻生さん、署で柔道を教えていて、僕も通っていたんです。終わったら家に呼んでくれて、いろいろ食べさせてもらって。お汁粉が絶品でしたね。その時に、人をもてなすにはどうするかっていう話になって」

「とにかくお茶を出せと？」

「お茶でも何でも、できるだけのことを。すいません、お茶菓子がなくて」

「これで十分」将はグラスを目の高さに掲げてから、半分ほどぐっと飲み干した。これだけ暑い日だ、甘い物なんか食べる気にもなれないし、水羊羹がまだ胃壁に張りついている感じがした。

「……それで、何でしょう」

一転して、翼が疑うように訊ねる。将はグラスを慎重にテーブルに置き、切り出した。

「ジイサンに頼まれてきたんです。健太君……田口健太君のことで話を聞きたい」

「健太が何かやったんですか」翼の眉間(みけん)に皺が寄る。

「そんなことないけど、どうしてそう思う？」

「やってないならいいんです」翼が首を振った。「あいつ、突っ張ってるように見えるけど、本当は気が弱い奴だから」

「よく知ってるんだ」

「中学校まで一緒でしたから」

そこから人生は見事に分かれたんだね、と将は皮肉に考えた。しかし翼の言葉には、健太を馬鹿にしたり見下したりするようなトーンが一切ない。

「彼はおばあちゃん子だったそうだけど」

「そうですね。ご両親がどちらも忙しかったから。おばあさんに育てられたといってもいいと思います……今度のことは残念でしたね」

「たきさんが倒れた時、健太君はどんな様子だったんですか」

「ものすごく落ちこんでましたよ」翼が自分に言い聞かせるように言った。「病気って、怖いですよね。家族は何もできないんだから。でも、脳梗塞は一種の生活習慣病でしょう？　普段から気をつけていれば、あんなことにはならなかったんじゃないかって。何だか、おばあさんの保護者みたいに言ってました」

そういえば……自分の祖母も、健康にはあまり気を遣ってなかったんだよな。深酒はしなかったが毎晩酒は呑んでいたし、六十歳ぐらいまでは煙草も吸っていたはずだ。家族の中で一人だけ煙草を吸っていた祖母の部屋は、死後もずっとニコチンの臭いが消えないような気がした。家具を動かした時、背後に現れた真っ白な壁……リスクは減らせたはずだ、と今になれば思う。ただ、どんな人にとっても、脳梗塞や心筋梗塞は、実際に襲われるまでは、自分に無縁の病気でしかない。

「それで、ちゃんと介護をしていたんだね」

「あいつ、勉強もしないくせに、その件だけは一生懸命でしたよ」

翼が両手を肩の幅に広げる。「こんなに専門書を買ってきて。今は、介護関係の本ってたくさんあるんですね。食事のさせ方一つとってもいろいろで」

その通りだ。しかし、体が不自由な人に食事を摂らせるには、本を読んだだけじゃどうしようもない。実際にやって、体で覚えるしかないのだ――と自分の経験を思い出す。

「彼とはよく話した？」

「高校に入ってからは、お互いの家に行くようなことはなかったけど、通学する時途中まで――小田原までは一緒でしたから。そういう時に、いろいろ話は聞きました。あの、こういうことを言っていいのかどうか分からないけど、あいつ、おばあさんのおむつまで替えていたんですよ」

「ああ」僕はそこまでできなかったんだよな、と思い出す。照れもあったし、言葉が不自由でも、祖母が嫌がっているぐらい分かっていたから。身内の人間の方が、かえって身を任せにくいんじゃないかな。「食事の時も、だいたいつきっきりだったみたいで。いつでも介護の仕事ができる、なんて言ってました」

「その割に、最近はあまり家に寄りつかなかったようだけど」

「そうなんですよ」翼が深くうなずいた。「僕もそういう話は聞いてました。あんなに面倒を見ていたのに、どうしたのかと思って、訊いてみたことがあるんですよ」

「答えは？」

「煩いって言われちゃいました」その時の様子を思い出したのか、翼が苦笑する。「その頃からかな、服装も変になっちゃって。知り合いの家を泊まり歩いたり、学校もサボりがちになったみたいですね」

「何があったのかな」

「それはよく分からないんですけど……」翼が唇を噛んだ。「気になったんだけど、あいつが話してくれないから。もっとちゃんと話しておけばよかったですね」

この男も、祖父と同じなのか。自分の周りの人間を幸せにできるよう、頑張る。

ふと、祖父の開き直りのような言葉が脳裏に蘇った。それは、極めて現実的な行動原理だ。「世界平和の実現」などと言っても、具体的に何ができるわけじゃないんだし。そんなことを真顔で言って許されるのは、アメリカ合衆国大統領か中国共産党総書記だけじゃないか。

祖父の宣言は、一種の大言壮語に過ぎない。あれをそのまま受け止めれば、地域社会の安全は自分が一手に担う、という感じになる。警察官でもないくせに。防犯アドバイザーの肩書きにどれほどの重みがあるか知らないけど、実態は単なる名誉職じゃないのかな。でも、いろいろな人が祖父を頼ってくる。この人なら必ず、答えを持っていると信じているように。そして祖父も、親身になって相談に乗っている。

「ご両親は、相当大変だったのかな」

「それはそうだと思いますよ」訳知り顔で翼がうなずく。「仕事しながら介護じゃ、気が休まる暇もないでしょう」

「だろうね」

「だから、家の中がいろいろ大変になるのは、想像できますよね」

「具体的に何か知ってる？」

「僕は知りませんけどね」

翼が曖昧に言った。何か知っているのでは、と将は疑う。

「本当に？」

「健太と、直接話してないから」

「そうですか……何か分かったら、うちのジイサンに教えてくれませんか」

「いいですけど、何かあったんですか」翼が目を細める。

「いや、特には」将は目を逸らした。

「でも変ですよね。人の家のこと、どうして調べてるんですか？

麻生さんが知りたがっているってことは、何か事件なんですか」

「そんなことは……」と、もごもごと否定した。どうやら泰治がたきを殺したという噂は、翼の耳にまでは入っていないようだ。さすがに自分で、それを教える気にはならない。

「でも、何か分かったら電話します」言い切った翼の顔は、妙にすっきりしていた。「麻生さんが知りたがっているんだから、きっと大事なことなんですよね」

「一つ、訊いていいかな？」

「何ですか」翼が両手を揃えて膝に置いた。

「何でうちのジイサンは、あんなに無条件に信用されてるのかな」

「え？」想像もしていなかった質問だったのだろう、翼がぽかりと口を開けた。

「だから、皆そう言うでしょう？　『麻生さんなら』って」

「でも、実際そうなんですよ」翼がやけに力の籠った口調で言った。

「麻生さんだから。それ以上の理由はないです」

将にはまったく理解できない世界だった。

16

小田原中央署を出ると、麻生は大きく肩を上下させた。隣では三原がうなだれ、しゃくりあげている。取り調べ中は気丈に対応していたのだが、解放されて一気に緊張が解けたようだ。麻生は彼の背中に手を当て、ゆっくりと摩り続けた。母親の多加子が迎えに来ることになっているのだが、遅れているのが気になる。

ちらりと振り返って署を見上げる。素っ気無い直方体の六階建てで、市役所側に面した壁に、「小田原中央警察署」の立体的な文字が、縦に張りついている。署がここに新築移転してきたのは、麻生が刑事課係長を最後に退職した後のことだ。あの頃、署は小田原城や地検、裁判所が固まっている辺りにあった。国道一号線が市内を貫く、いかにも古い城下町の気配を残した街並みの中。今のは、小田原駅の北方、市役所と合同庁舎に近い場所にある。ぐっと郊外の気配が強く、旧市街地に比べれば家並みもまばらだ。もちろん今の署の方がはるかに綺麗だが、古い署のざわついた雰囲気の方が、麻生の好みだった。

署の正面入り口の横で、車が急停止した。乱暴にドアが開き、多加子が飛び出して来る。既に泣いていた。こんな状態でよく運転してきたものだと思う。多加子は伸び上がるような格好で三原の両肩を掴むと、思い切り揺さぶった。三原はまったく抵抗せず、揺られているうちに涙がすっかり引っこんでしまった。多加子が声にならない声をあげ、息子をなじる。それを聞いているうちに、三原はますます冷静になり自分を取り戻したようだった。何度もうなずき、口を開きかける。謝ろうとして、言葉が上手く実を結ばないようだった。ゆっくり話せばいい。親子なんだから、話し合えば分かる。三原は若さ故、周りの状況が見えていなかっただけなのだ。

「ありがとうございました」多加子が膝に頭がくっつきそうなほど深くお辞儀した。麻生はうなずいて彼女の言葉を受け入れた——何か喋れば安っぽくなってしまいそうな気がした。多加子の目から零れた涙が、熱くなったアスファルトに小さな染みを作る。

三原が、母親の手から車のキーを取り上げた。

「君が運転していった方がいい」

麻生は低い声で告げた。三原がうなずき、母親のために助手席のドアを開ける。肩を抱くようにして車に押しこめ、自分は運転席に体を滑りこませた。エンジンをかけて窓を開け、首を突き出して何か言おうとした。しかし表情は強張り、喋れない。麻生は黙ってうなずき、彼の不器用さを許した。

車が走り去るのを見送り、麻生はタオルで顔を拭った。まったく、この暑さは……昔の質の悪いアスファルトだったら、溶けて靴底にくっついているところだ。

「麻生さん」

声をかけられ、ゆっくり振り向く。原口が嫌そうな顔をして立っていた。腹の底は簡単に読める。

「欲張るなよ。彼は何もしていないんだから」

「そうなんでしょうが、まだ本丸が見つかっていませんからね」

「そこは何とか頑張ってくれ」

「それにしても、やりにくかったですよ」原口ががしがしと頭を掻いた。「麻生さん立ち会いの下での取り調べは、きついですね。弁護士が立ち会うようになっても、こんなにプレッシャーは感じないかもしれない」

「司法試験を受けておけばよかったな」麻生は真顔で言った。「これからは取り調べの可視化が進んで、いずれは弁護士同席が普通になるだろう。弁護士として取り調べに立ち会うのは面白いかもしれない」

「今から目指しますか？」原口がからかうように言った。

「それも悪くない」

原口が笑おうと口を開けたが、麻生の顔を見た瞬間、本気だと気づいたようで、ゆっくりと唇を結ぶ。そんなに驚くようなことか？　いくつになっても目標と向上心がなければ、人生はつまらない。

この件はこれで終わり。麻生は原口と綿密に打ち合わせをし――実際には説き伏せ、結局部屋から出てきた覚せい剤については不問に付すことを決めさせた。あれさえなければ、三原は「売人と関係があった女とつき合っていた」というだけで、直接犯罪に結びつけることはできない。今後も何度か事情聴取は受けなければならないだろうが、麻生はその都度同席することを原口に了承させていた。三原は少しだけ気持ちが弱い部分がある。警察が誘導尋問を始めたら、それに乗って話を合わせてしまうかもしれない。原口がそんな強引なことをするとは思えなかったが、念には念を入れ、だ。最後の詰めで甘くなると、ろくなことはない。

麗華に関しては……王亮とどういう関係だったのか、今の段階でははっきりしないが、あの男が逮捕されれば、当然麗華も追及を受けるだろう。これから自分がすべきは、鴨宮飯店をこの犯罪から切り離すことだ。そのためには、ある程度事実関係を隠蔽しなくてはならないだろう。麗華は個人的な事情があって辞めた――仮に麗華が逮捕されたとしてもそれで押し通し、鴨宮飯店はヤクの売買にはまったく関係なかった、ということにしなければ。あるいは、自分たちが先に気づいて追い出したことにするか。麗華一人が悪者になってしまうが、悦子と鴨宮飯店を守るにはそれしかないだろう。

よし、この件はこれで何とかなる。後は……。

「まだ何か、心配してますね」原口が鋭く気づいて指摘した。

「まあな」

「また、こっちに関係あることですか」

「生活安全課には関係ない」

「だったら刑事課ですか」

もしも田口家で本当に殺しがあったら、刑事課の出番になるが、今のところ、そういう事実を指摘する証拠も証言もない。あの家がどこか歪んでいたという事実があるだけだ。だが、どこの家にも歪みぐらいある。それでも何とか生活はしていけるものだが……将はどこまで調べられただろう。何か事実を摑んでいるだろうか。せめてまともに会話できているといいのだが。

「ところでお孫さん、何か訳ありなんですか」原口が突然話題を変えて切り出してきた。

「ある」

「何か、お手伝いできることは？」

「ない」

「麻生さん、いつからそんなに無口になったんですか」

「ハードボイルドは、こうでなくちゃいかん」

「また小説の話ですか？」

原口がうんざりしたように言ったので、麻生は少しだけかちんときた。この男は昔から本を読まない。口を酸っぱくして言っても、耳を傾けようとしなかった。特に小説に関しては、ひどい拒絶反応を示したものである。小説は、人の心理を読み解く能力を養うのに最適なテキストなのだが……行間から人の気持ちをすくい上げる読み方をすれば、実際の取り調べでも相手の気持ちに入っていけるようになる。

「今からでも遅くない。手始めにハメットはどうだ？　あれは孤高のハードボイルドだぞ。唯一無二の存在だ」

「本を読んでる暇なんかありませんよ」情けない声で言って、原口が肩をすくめた。

「もう一回り大きい刑事になりたいなら、何でもやってみるべきだがな。さて、俺は帰るぞ」

「送りましょう」原口がズボンのポケットから車のキーを取り出して、じゃらじゃらと鳴らした。初めからそのつもりで出てきたのだろう。「今日は一際暑いですからね」

「結構だ」市役所前からバスが出ており、小田原駅まで戻れば、後は何とでもなる。それに、一人で考える時間も欲しかった。「引退すると、車にはあまり乗りたくなくなる」

「そうですか？」

「現役時代にどれだけ車に乗ってたと思う？　尻の形が変わっちまったぐらいだぞ」ローレンス・ブロックの小説に出てくるような、老(ろう)猾(かい)な刑事が言いそうな台詞である。実際には、痛いのは尻ではなく腰だが。麻生は拳で背中を二度、三度と叩いた。

「俺はまだ平気ですけどね」原口がにやりと笑い、自分の尻を叩いた。

「それは、ろくに走り回ってないからだな」

皮肉を一発ぶつけておいてから、麻生は歩き出した。バス停までの短い距離でさえ、脱水症状に襲われるかもしれない。犬の真似をして舌を出してみたが、馬鹿らしくなってすぐにやめた。

さっさと家に戻って作戦会議。そこで今後の方針を決めよう。

将はぐったりしていた。今日一日でどれだけ歩き回ったか知らないが、少なくとも本気で取り組んでいたのは分かる。しかし基礎体力がないから、このざまだ。

「で、どうだった」

将はしばらく無言で、次々と寿司に手を伸ばしていた。近くの行きつけの寿司屋から出前してもらったものだが、よほど腹が減っていたのだろう。あるいは昼飯抜きだったのか、中トロ、イカ、イクラと立て続けに口に放りこみ——ここの寿司屋はシャリの量が多いのだが——お茶で流しこむ。ガリを齧って、ようやく一息ついた。

「何かある」その目は珍しく、麻生の顔を真っ直ぐ見ていた。

「何かとは?」麻生も孫の顔を見据えたまま、湯呑みに手を伸ばした。魚は嫌いだと言っていたのに、よく食べる——将の勢いに押されて、自分はほとんど寿司を食べていない。

「あの家族は、変な具合に捻れていたみたいだ」

「そうは思えんが」首を捻って言ってから、麻生はすぐに前言撤回したくなった。実際自分も、何かあると思っていたのだから。「で、どんな具合に捻れていたと？」

「健太の態度がおかしいんだ」

「どういうことだ」

将がまた寿司の攻略を始めた。口一杯に頬張りながらも、すぐに次の寿司に手を伸ばすので、喋っている暇がない。喋りたくないのか、考えをまとめているのか……だが麻生は辛抱強く待った。大きく膨らんだ将の頬が盛んに動く。やがて喉が上下して飲みこんだ時には、寿司桶の中身は半分ほどに減っていた。

「健太があんな風になったこと」

「不良化か」

「今は不良なんて言わないよ」将が皮肉っぽく笑った。「言葉はどうでもいいけど……健太はずっと、真面目に介護の手伝いをしてた」

「らしいな」

「そういう人間が、どうして学校をサボったり、家に寄りつかなくなったりするのかな。元々そうなら分かるけど、おばあちゃん子で、熱心に世話をしていたなら、そんな風になるはずがないと思う。介護に責任も感じてるはずだし。きっと、家の中で何かあったんだ」

「その『何か』が何なのか、分かるか？」

将の表情から力が抜ける。ゆっくり首を振って、「分からない」と告げた。

「そこが肝心なところなんだがな」麻生はようやく寿司に手を伸ばした。コハダの酸味を噛み締め、お茶で口を洗う。家の中で何があったか、それさえ分かれば謎の解明のしようもあるだろうが……麻生本人も、引っかかっていた。田口家を訪ねた時の、泰治の妙に頑なな態度。家の中の事情には触れて欲しくないと、こちらを拒否したではないか。秘密があるのは間違いないのだ。

「それで、これからどうするの」

「リストの聞き込みは全部終わったのか？」

将が少し長く麻生の顔を見詰めた。無言で首を振る。

「終わってないなら続行だ」

「無駄だと思うけど。いくら話を聞いても、知らないことだってあるだろうし」

「やってみないと分からない。会って、相手の心を開かせることができるかどうかは、こちらの真心にかかっている」

「真心？　刑事の尋問テクニックじゃなくて？」将が馬鹿にしたように言った。

「普通の会話が大事なんだ。今回は、取調室で話をしているわけじゃない」

「へえ」

「高度なテクニックはお前には無理だ。やっと普通に人と話ができるようになった状態だからな」

「話なんかできても、何にもならないけどね」将が肩をすくめる。

「ネットの世界に入りこんでるよりはましだろう。どうだ？　携帯が戻ってきて、今日は顔の見えない仲間たちと交流でもしてたのか」

無言で将が携帯を取り出す。何となく、汚いものをつまむような感じだった。

「お前が生まれる前から、俺はネットの世界にいたんだぞ」

将が驚いたように口を開け、携帯から麻生に視線を動かした。

「八〇年代――当時はまだ、パソコン通信の時代だった。俺の感覚では、あれはハムだな。無線でやってたのが、電話線に変わっただけだ。当時は回線をつなぐのにカプラーを使っていて、接続するだけでも一苦労だったんだ」

「カプラー？」

「黒電話の受話器と同じような形とサイズでな」麻生はあやふやに手を動かした。「それを受話器とくっつけて……アナログの電話でデータ通信をするためには、そういうものが必要だった」

今でも押入れの中に転がっているはずだ。それにしても懐かしい……初めて試してみたのは、八〇年代の半ば頃、麻生もまだ五十歳になるかならないかぐらいの時だった。当時麻生は県警の捜査三課にいたのだが、パソコン通信を使って盗品を売りさばいていたグループを摘発した折に、そういう最新技術を知らないままではまずいだろうと考え、自分でもパソコン通信を始めたのだ。以来四半世紀、費やした金はどれだけになっただろう。適当なところで抑えておけば、今頃はこの古い家も建て替えられていたかもしれない。何しろ十五年前には、百万円近くするノートパソコンを買ったこともある。

「二十五年前は大変だった。通信速度が３００ｂｐｓぐらいだったから、文字列の流れを目で追えるぐらいしかスピードがなかったんだ。今では考えられんだろう」初めてモデムを使って電話回線につないだ時の28・８Ｋｂｐｓは、とんでもないスピードに感じられたのを覚えている。それが今では、光で50Ｍｂｐｓだ。隔世の感どころか、別世界の話のような気がする。「だから、昔の掲示板サービスでは考える余裕があった。通信速度が遅いし高かったから、一度回線を切って、下書きをしてから貼りつけていたんだ。メールもそうだな。今みたいに常時つながってる状態だと、あまり考えもせずに書いてしまうだろう」

「まあ、そうだけど……」将が疑わしげな表情を浮かべる。「掲示板とか、やってたの？」

「もちろん」

麻生は頬が緩むのを感じた。懐かしのハンドルネーム「DET200」。Detective＝刑事の略だが、素性を漏らさぬよう、細心の注意を払ったものだ。掲示板サービスが始まった九〇年代初頭のネット人口はどれぐらいだっただろう……あの頃は、実名を晒す人も珍しくなかった。最先端の娯楽を楽しんでいる孤高の少数派、という自負もあっただろう。もっとも麻生は、決して楽しみのためにやっていたわけではない。目的は、雑誌やノウハウ本に載っていないパソコン技術の習得と、事件のネタ集めだった。しかし実際に立件できたのは一件だけで、それも徳島県警と神奈川県警が共同で仕上げた事件だった。大麻の栽培と密売をしていたグループが掲示板を使っており、その本拠地が徳島だったのである。大麻が出回っていた先も関西中心だったので、麻生は先方に華を持たせることにした。その縁で、当時の徳島県警の生活安全課長とは、今でも年賀状のやり取りをしている。実際に会ったのは一度きりだったが……自分と同年代の男が、ネットの海から情報を拾い上げてきたのが信じられない様子だった。そもそもネットが何なのかも理解していなかっただろうが。

「お前とは年季が違うわけだよ。それでどうだった？　ネットから遮断された生活は」

「いや、別に」素っ気無く言ったが、何か悩んでいる様子だった。

「案外平気だろう」

「まぁ……そうかな」下を向いたまま答える。両手で携帯電話をいじっていたが、単に弄んでいるだけだった。

「二年間、ずっとネットの中だけで生きてきたのか」麻生は覚悟を決めて本丸に切りこんだ。これまでずけずけと孫に物を言い、一見無茶な指示を与えてきたのは、単なる外形的事実に過ぎない。将を本当に立ち直らせるのには、心の奥深く分け入るしかないのだ。

「別に、そういうわけじゃないけど」

「生身の人間とのつき合いはなかっただろうが」

「まぁね」不承不承、将が認める。携帯をそっとテーブルに置くと、麻生の顔をちらりと見た。

「ネットは広がり過ぎたな。使う人間が増えれば、阿呆が入りこむ確率も高くなる」麻生は腕を組んだ。「お互いに顔が見えないから、捨て台詞のような発言が普通になった。やってる方はストレス解消になるだろうが、乱暴な言葉を投げつけられた方は傷つく。ＳＮＳは、相手の正体がある程度分かるから、少しはましかもしれんが……ＳＮＳで発言する時は、相当気を遣うだろう」

「友だちは失いたくないからね」将が真顔で答えた。

「ネットで不思議なのは、実生活の様子が増幅されることなんだ。ちょっとした怒りが激怒に変わるし、さりげなく褒めるつもりが、やり過ぎて褒め殺しになってしまったりする。たぶん、相手の顔が見えない分、抑制が利かなくなるんだろうし、逆に気を遣い過ぎることもあるだろうな。お前の場合は、気を遣い過ぎだ」

将がかすかにうなずく。それに自信を得て、麻生は畳みかけた。

「面と向かって話していれば、かちんとくることもある。だけど相手の顔色を見て、すぐに修正できるだろう。謝ればいいんだから。言いっ放し、聞きっ放しで終わるわけにはいかないんだ。お前はこの街で、いろいろな人に話を聞いてきた。そういう時、どうした？　相手から情報を引き出すために、おだてたりすかしたりしただろう。それが普通のコミュニケーションなんだ」

「そんなこと言われても、ね」

将が肩をすくめたが、馬鹿にしている様子ではない。照れ隠しだ、と麻生は見抜いた。本人も驚いているのではないだろうか。人に話を聞く——それだけなら簡単だ。しかし目的を持って、情報を引き出すのは難しい。自分にそういうコミュニケーション能力があるなどとは、考えてもいなかったはずだ。

「あ、忘れてた」将が急に真顔になり、座り直す。「今日最後に聞いた話なんだけど」

「ああ」麻生も心持ち背筋を伸ばした。相手が真面目に話す時は、こちらもそれなりに対応しなければならない。

「あの家……田口さんの家のガレージ」

「ああ」何のことか分からず、麻生は相槌を打った。

「そこに置いた車の中で、話し合ってたんだって」

「誰が？」報告能力がいまひとつだな、と苛立ちながら麻生は先を急がせた。肝心なことが後回しになっている。

「だから、田口さんのご夫婦」

「話ぐらいするだろうさ」

「そんな所で、一時間も？」

「何だと？」麻生は身を乗り出した。もちろん夫婦だから話はするだろう。心配事があれば――あの夫婦には十分あっただろうが――長引くのもおかしくはない。だが、一時間というのはどうなのか。

「ずっと車の中で話してたって、変じゃない？」

「そもそも、どうして一時間も車の中にいたって分かったんだ」

「それは……」

将がメモ帳を広げた。コンビニエンスストアかどこかで買ったのだろうが、いつの間にか半分ほども使っている。孫は案外マメなのではないか、と麻生は思った――知らなかった一面。

「隣の高木さんが見てたんだ。家から出た時に見て、一時間後に買い物から戻って来た時にも同じ状態だったたって」

「ふむ……」麻生は顎を撫でた。それは確かにおかしい。高木が確認したのは一時間だけで、その前後にもずっと車に籠っていた可能性もある。話なら家の中ですればいいのに、どうしてわざわざ車を選んだのか。ドライブ中に何かの話になり、ガレージに車を入れた後も話を切るタイミングがなかった？　そうかもしれない。しかし、どうにも不自然だ。

「それに、奥さんが泣いてたって」

「ほう」

麻生は、小さな疑いの塊が心に生じるのを感じた。それがやがて大きな山に育っていくのは、経験から分かっている。事件の臭い……それはいつも、突然小さな塊として心に宿るのだ。今回、小さな塊を産んだのは、麻生が知る初美とかけ離れた行為である。初美は、露骨に表に出すわけではないが、気が強く、よく働く女性である。家の主導権も、泰治ではなく初美が握っていることは容易に想像できた。泣くようなイメージはない。いや、そういえば……この前田口家を訪ねた時、初美はがっくりと落ちこみ、何かに怯えていたようだったではないか。さらに記憶を探れば、通夜の時の取り乱し方が引っかかる。親を亡くしたといっても、あくまで義理の母親である。あの家の嫁姑の関係は、本当はどうなっていたか……実の親子と見まがうほど仲がよかったわけではないが、かといっていがみ合っていたわけでもない。ごく普通の、つかず離れずの関係だったのではないか。長年の同居で、最初の厳しい関係から、角が取れて丸くなったのだろう。

小さな疑惑の塊がにわかに膨らみ始めるのを、麻生は意識した。

「よく聞き出した」麻生は素直に褒めた。照れ隠しなのだろう、将が唇を歪め、視線をテーブルの上の携帯に落とす。

「ちょっと出てくる」

いきなり立ち上がった麻生を、将が不思議そうに見上げた。

「ウォーキングだ。一汗かいてくる」

「まだ暑いよ」

「陽射しがなければ大丈夫だ。日射病にはならない」

ひたすら歩く……そうすることで考えがまとまる時もある。肉体と頭脳は、人には理解できない形でリンクしているのだろう。麻生はさっさとジャージに着替え、家を出た。


タオルは五分で使い物にならなくなった。外へ出た途端汗が噴き出し、顔を拭っているうちに、乾いた部分がなくなってしまったのだ。Tシャツも肌に張りつき、不快極まりない。一度、コンプレッションウエアを試してみたいと思っていた。体をきつく締めつけることで運動中は筋肉の動きをサポートし、疲労回復効果も高い、という。腰痛にも効きそうだ。実際に、スポーツ用品店に見に行ったこともあるが、体形があまりにもはっきり出てしまうウエアを着る度胸はなかった。誇示すべき肉体を持っている若い男女ならともかく、自分のようなジイサンが、あんなウエアを着るべきではない。

そんなことを考えながら、麻生はせっせと歩き続けた。タオルは首にかけ、両手で引っ張っている。本当は手はフリーにしておくべきなのだが——その方が正しいフォームで歩ける——今日はタオルを引っ張ることで体を前へ進める感じだった。首を誰かに押されているような、前のめりの歩き方。

初美が泣いていた。将によると、高木が車の中で泣いている初美を目撃したのは、一か月ほど前。何かあったのか……あったのは間違いない。一瞬頭に浮かんだのは、健太のことだった。学校へもあまり行かず、家にも寄りつかない息子を心配するのは母親として当然である。

それだけか？

普段は海の方へ歩くことが多いのだが、今夜は無意識のうちに鴨宮駅へ向かっていた。連歌橋の交差点を右折し、左手にマンションを見ながら、ひたすら歩き続ける。マンションか……この辺にマンションが建ち始めたのはいつ頃からだっただろう。人が増え、それに連れて人間関係が希薄になってきた。マンションに住んでいる人は、概して街に溶けこもうとしない。こんな問題は日本中どこでも同じなのだろうが、自分が生まれた時から暮らしている街が、素っ気無いものに変わろうとしているのは辛かった。かといって、一介の警察官、今は何の権利もない防犯アドバイザーの自分にできることは限られている。街を変えるなど、大それた望みでしかない——だいたい、「変える」のではないのだ。昔に戻すだけ。懐古趣味だと思われても仕方ないな、と苦笑する。

道路は片側一車線だが、歩道は広く、歩きやすい。左側で、ガソリンスタンドが夜に灯りを投げかけていた。もう少し行くと、右手にコンビニエンスストア。その先のマンションの一階は焼肉屋だったか。駅に近づくに連れ、背の高いマンションは消えて、小さなアパートが目立つようになる。横浜への通勤圏でもあるこの街には、意外に若い家族が多い。安い給料でも住める場所を探して、この辺りに落ち着くのだろう。

それにしても、鴨宮は地味な街だ。北側は大規模なショッピングセンターが整備されて賑わい始めたが、南側は昔ながらの住宅街で、駅の周辺も寂れている。左手に赤い看板のラーメン屋が見えてきた……ということは、駅までもう少し。そういえば寿司もろくに食わなかったな、と軽い空腹を覚えたが、こんなに暑い日にラーメンを食べるほど物好きではない。

東海道線にぶつかる直前の交差点で右へ曲がり、細い道を駅の方へ向かって行く。駅前はタクシーとバス用のロータリーになっているが、利用者は少ない。繁華街らしきものもなく、駅前からいきなり住宅地だ。麻生はこのコースをウォーキングする時には、ロータリーにある「新幹線発祥の地」の小さな碑に触れて帰るのが常だった。墓石を思

わせる石造りの碑の上に、青と白に塗り分けられた新幹線が乗ってい
るという、どこか間抜けな感じのする物だ。新幹線の模型は、麻生が
手を伸ばし、少し背伸びしてぎりぎり触れるぐらいの高さにある。こ
れに触れなくなったら、本格的な老化の始まりだな、と思っていた。
結局、もう一度田口家に入りこむしかないわけか。とはいっても、
具体的な手がかりがないままでは、また空手で帰って来ることになる。
しかも泰治を怒らせて……泰治はあの時、どうしてあんなに怒ったの
だろう。俺が初美を脅しているとでも思った？　そんなことをするは
ずがないと分かっているだろうに、どうにも不自然な行動だった。と
にかく家の中に入って欲しくない、触れて欲しくないと願っていたよ
うな。見られるとまずい物でもあるのだろうか。

「どうするんだ」独り言を言ってみる。答えは返ってこない。首にかけていたタオルを右手に握り締め、意識して腕を大きく振ってスピードを上げた。帰りはもう少し自分を追いこもう。腰は心配だが、何だったら、思い切って走ってもいい。足元は、「本格的なマラソン用」を謳っているニューバランスの軽量シューズだ。

捜査が行き詰まると、自分の体を痛めつけたくなる。捜査本部に入っていて、一日のうちで自分の時間がいくらも取れない時でさえ、そうしてきた。暇を見つけては道場で柔道の稽古。後輩を摑まえて、膝が笑うまで組み手を繰り返すこともままあった。そうやって体を動かし、頭の中を空っぽにしているうちに、真空に空気が入りこむように、突然新しい考えが浮かぶことがある。

帰ったらまず、入念にストレッチ。その後、竹刀で素振り二百回だな。何だったら将にも剣道を教えてもいい。竹刀を打ちこまれる痛みに、あいつが耐えられれば、の話だが。

孫の将をこれからどうするかも、難しい問題だ。完全にネットの世界を離れろ、とは言わない。適度な距離を保ってつき合うなら問題はないだろう。だが、強引にパソコンや携帯から引き離すことはできても、「ほどよくつき合う」ように導くのは難しい。

これは刑事として、あるいは防犯アドバイザーとしての仕事ではなく、祖父としてやるべきことだ。

麻生は、自分が親として、祖父として果たしてこなかった義務の数々を数え上げた。バアサンが生きていてくれたら……もっと上手く、いろいろなことに対処できていたかもしれない。「身の周りの人間を守る」と、将には偉そうなことを言ったが、結局自分は家族さえ大事にできなかったではないか。あいつが指摘する通りに。

まさか、孫にそんなことを気づかされるとは。

こちらから電話をかけて、香恵と話すべきなのか？ 謝りたくはない。自分の過ちを認めたら、それまで築き上げてきた物が全て崩れてしまいそうだったから。しかし今こそチャンスなのかもしれない。自分が将の面倒を見ていることをネタにして……駄目だ。親子の関係は「勝負」ではない。どうして腹を割って話せないのか。何故、娘だけが特殊な存在なのか。

結局全て自分のせいだ、と思い知る。今からやり直すことはできないのか？　このチャンスに飛びつけないのか？

17

To : ryo
From : shou
Subject : 私の人生その５（予定）

ryo 様。長くなるけどごめんね。
この二年間って、結局何だったんだろう。今考えてみると、逃げこむ場所が必要だったんだと思う。情けない話だけど、リアルな世界では僕には友だちがいない。恋人なんて、夢のまた夢だ。探しに行くのも面倒くさい。だけどネットの世界では、友だちぐらい、すぐに見つかるんだよね。それが恋愛にまで発展することはなかったんだけど、自分と考え方のよく似た人とつき合うのは、本当に楽だった。案外コミュニケーション能力高いじゃん、なんて思ったりして。

実際に人と会って話をすると違う。相手の顔色を読まなくちゃいけないし、いきなりぶっきらぼうに扱われたり、怒られたり、馬鹿にされたりした時には、正直パニックになる。こういうこと——人と会うことを仕事にしている人がいるなんて、信じられないよ。営業とか、それこそ刑事とか、さ。「外向的」な性格って簡単に言うけど、ホント、そういうのは特殊能力じゃないかって思う。

死んだ人が、本当は安楽死だったかどうか調べるなんて、とんでもなく難しいことだ——あ、このところちょっと環境が変わって、今は家にいないんだ。探偵の真似事みたいなことをさせられている。

僕はきちんと話ができているんだろうか。いろいろ話は聞いたけど、役に立っているんだろうか。その死んだ人の家——「T家」ってしておこうかな——の事情はまだ分からないし、そこの子ども「K」とは接点を持ちたくないんだけど……何となく気になるんだよね。放っておけないなんてわけじゃないし、年上だからって兄貴風をふかすつもりもないけど、何なんだろう、この感覚は。

いろいろ考えた。出てきた結論は、認めたくはないけど、そいつと僕は何となく似ている、ということだった。家族の問題を抱えて、家族から離れて、自分だけの世界に入りこむ。僕の場合は自分の部屋でネットに逃げて、Kは家に寄りつかなくなった。友だちの家を泊まり歩くのって、どんな感じなんだろう。あんまり知らない友だちの両親と夕飯を食べたりするわけだよね。それは、僕には絶対に無理だ。初めて挨拶して、すぐに「いただきます」なんてあり得ない。ということは、Kは外向的な人間ってことになるのかな。友だちの部屋で寝る時には、夜通し話したりするんだろうか。僕の高校時代――引きこもっていない頃――って、友だちとそんなに話した記憶がない。バアチャンの世話で手一杯だったから。

それはあいつも同じか。あんな感じだけど、家族が好きなのは間違いないんだし。経験したことのない人には分からないと思うけど、介護って大変なんだ。よっぽど高い金額を貰っているか、天使みたいな人じゃないとできないよ。相手の汚いところまで、全部目に入っちゃうわけだし。

あいつは何を考えているんだろう。本当に父親が人殺しをしたなんて思ってるんだろうか。単に父親が憎くて、陥れようとしているだけとか……いや、筋が通らないな。そんなことをしても何にもならないはずだし。

僕はどうだったんだろう。

いろいろなことがあった。バアチャンの病気。全てにおいていい加減で、責任放棄（ほうき）している父親を嫌ったこと。だけど突き詰めて考えれば、全ての原因は、母親が勝手に家を出て行ったことのような気がする。あの時から、歯車は狂い始めた。

それにしても、どうして僕は引きこもってしまったんだろう。ryo様ともいろいろ話したよね。引きこもりのきっかけは人によって様々だし、いろいろ聞いてみると、「こんなことで？」と首を傾げることも少なくなかった。僕の場合、外へ出る必要がなくなったからだと思う。話す相手が一人もいないのに、外へ出たって、意味ないよね。

Kを見ていると、疑念がどんどん膨らんでいくんだ。そう、バアチャンが死んだことはショックだったけど、どこかで覚悟していたのは間違いないと思う。あんな風に体の自由が利かなくなって何年も経てば、いつかはって思うようになる。それは、自分の目の前で倒れたらショックだよ。でも、そういうのはいつかは薄れる。

そうじゃないんだ。

僕は疑っていたんだと思う。いや、今でも疑っている。

あの日に限って、オヤジはどうして病院にいたんだろう。病院を出て行く時、妙に慌てた様子だったのはどうしてだろう。

何が起きた？　どうしてオヤジに直接確認しなかった？

怖かったからだよ。いくら存在感が希薄でも、親は親だ。訊けないことはある。

「殺したのか？」なんて。

長々と書いてきたものの、将の手はそこで止まってしまった。これでは、あまりにも長過ぎて読んでもらえないかもしれないし、内容もヘビー過ぎる。本当は、直接会って話した方がいいんだろうな。ryoと会う？　本当に？　今まで一度も会ったことのない友人と顔を突き合わせて、まともな話なんかできるのかな。
きっと、ryoにこのメールは出さないんだよな、と将は溜息をついた。

祖父が作った聞き込みリストは、まだ半分以上が残っている。それはそうだ。昼間から訪ねて行っても、誰もが家にいるわけではないのだから。昨日は歩き過ぎて足が棒のようになってしまったと泣き言を言うと、祖父は物置から古い自転車を引っ張り出してきた。埃を払うと、まだそんなに古いものではないと分かる。祖父がギアに油を挿し、にやにやしながら将に引き渡した。

「こいつは、お前みたいに運動不足の奴にはきついだろうな」と予言めいたことを言う。

乗り出してみるとすぐに、その台詞の意味が分かった。本格的なロードレーサーで、ハンドルの位置がサドルより低いのだ。街でゆっくり乗ることなど想定していないようで、とにかく必死に漕がないとバランスが取れない。それに十段変速なんて……普通に街を走るだけで、そんなに小刻みなギアチェンジが必要だとは思えなかった。

何とか家の周囲を一回りして帰って来ると、祖父がにやにやしながら腕組みをして立っていた。停止して下りるという何でもない動作の途中で、転びそうになる。辛うじて足をつけ、安定させてから顔を上げると——低姿勢を保っていたので首が上に折れ曲がる格好になった——文句をつけた。

「普通の自転車、ないの？」

「ない。普通の自転車に乗っても、足腰は鍛えられないだろう」

「鍛えるなら、ウォーキングで十分じゃない」しかも祖父の場合は、ウォーキングのレベルではなく競歩並みだ。

「走ったりするのに飽きた時期があってな。十年ぐらい前だったか……その時に自転車に切り替えた。伊東辺りまでよく行ったもんだよ」

「伊東」の地名は頭に入っているが、地図が思い浮かばなかった。

「何キロ？」

「往復でざっと百キロぐらいか。海岸沿いのいい道路なんだ。渋滞にはまって苛々してる観光客の顔を見ながら走るのは面白いぞ」

自転車で百キロ……それも六十歳を越えた人間が。依然として祖父の存在は、将にとって謎だった。

「好きに使っていい。もう、そんな自転車に乗ると腰痛が悪化するからな。とにかく、転ばないようにしろよ」祖父が忠告した。「軽量フレームなんだ。剛性は高いが脆い部分もある」

「そんな心配しないでよ。たかが自転車でしょう？」

「当時、五十万ぐらいしたがね」

思わず唾を呑む。自転車で五十万……あり得ない話だ。というより、将の常識にはない。軽自動車ぐらい買えるんじゃないか？

「まあ、転んだら転んだでいい。修理代はお前に持ってもらうから。バイトでもするんだな。半年ぐらい必死で働けば、何とかなるだろう」

「冗談でしょう？」

「さて、今日も頑張ってこい」祖父が気合の入った声で言った。「いい天気だ。外を走り回るのは気分がいいぞ……そうだ、ちょっと待て」

祖父が一旦物置に引っこみ、すぐに戻ってきた。相変わらずにやにや笑いながら……手に持っているのはヘルメットだ。それも額の方が丸く、後頭部が少し長く伸びている本格的な競技用。黄色をベースに、様々な色が交錯するデザインは、目立つことこの上ない。

「こいつを被っていくか？」

将は丁重に断った。

「ああ、泰治も大変だったね」

昼前に訪ねた書店の店主、大岩(おおいわ)が、心底同情した口調で言って、何度もうなずいた。祖父の情報によれば、泰治とは小学校から高校まで同級生。地元に残っている数少ない昔からの友人だという。友人ね……と将は少し不思議な気持ちになった。二年間の空白は、将を社会から切り離した。今、中学校時代の友だちに電話したら、きっと腰を抜かすだろう。完全に忘れているかもしれないけど。

大岩は、自分の店の隣にある喫茶店に将を誘ってくれた。かなり古い店で、座った途端にソファが嫌な軋み音を立てるほどだったが、冷房は十分過ぎるほど利いており、将はすぐに汗が引くのを感じた。アイスコーヒーを頼み、喉を潤す。一日中冷房の利いた店にいるせいか、大岩はホットコーヒーを頼んでいた。

「麻生さんのお孫さんか……こっちにはいなかったんでしょう」

砂糖とミルクを加えたコーヒーをかき混ぜながら、大岩が切り出した。普通はこんなに突っこまず、遠慮がちに訊ねるんだろうな、と思いながら将は答える。

「東京に住んでます」

「香恵さんも……変な意地を張らなければよかったのにね」

「意地、ですか？」どうして母親の話が出てくるのかと訝りながら訊ねる。

「だって、実家に全然寄りつかなかったんだから。麻生さんも自分の娘には厳しかったからね。身内に厳しく、外には優しい」

「何か変ですよね」

「そうかもな。でも、あの世代だったら、それが普通じゃない？」

大岩が音を立ててコーヒーを啜った。軽い天然パーマの髪を、短く刈り揃えている。細かいチェックのシャツのボタンを二つ開けており、赤くなった地肌が覗いていた。

「そうですかねえ」

「そうだよ。麻生さん、とにかく仕事第一の人だったから。香恵さん、どこにも連れていって貰えなかったって、よく言ってたし」

「うちの母とも知り合いだったんですか？」

「そりゃ知ってるさ」笑いながら大岩が言った。「香恵さんは二年下だからね。中学校までは一緒だった。人気者だったんだぞ」

「そうですか」そう言われてもぴんとこない。母が出て行ったのは、自分が小学生の頃。それ以来顔を見ていないのだから、記憶は日々薄れる一方である。離れている間に記憶の細部がくっきりと色づくこともあるのだろうが、母の場合、そうはならなかった。

「もてたしね」

大岩が嫌らしく笑った。どう反応していいか分からず、将はアイスコーヒーを啜ってから質問を始めた。

「田口さん、大変だったんですか」

「葬式があれば、誰だって大変だよ」

「その前の話なんですけど」

「うん？」大岩がカップ越しに将を見た。

「たきさんが倒れたり、健太君があんな風になったり」

「そうねえ……健太もいろいろ考えることがあったんじゃないの？　昔は素直でいい子だったんだけど、高校生ぐらいになると、いろいろあるんだろう。悪い友だちの影響も受けるだろうし」

「健太君に悪い友だちがいたんですか？」ギャップで万引きしようとしていたのを思い出した。ただ服装がだれているのと万引きするのとでは、天と地ほどの違いがある。「そんなに変わったんですか？」

「声をかければ挨拶ぐらいはしたけど、外見も態度も変わったな」

大岩が煙草に火を点けた。将の顔を見たまま、唇を歪めるようにして煙を横に吐き出す。窓に当たった煙は、結局将の方に漂ってきた。

「本当の部分は？」

「変わってなかったと思いたいけどねえ」大岩がうなずく。「悩みがあると、どこかでストレス解消しようとするもんだろう？　健太の場合は、だらしない服装をしたり、友だちの家を泊まり歩いたりすることが、ストレス解消だったのかもしれない。家に病人がいると、何かと気詰まりになるものだし。空気が淀んでくるからね」

空気が淀む……そういう感じは分かる。将も、祖母が倒れてしばらくは、微妙な異臭が家の中に漂っているのを気にしていた。不快な記憶を振り払い、話を切り替える。

「田口さん……奥さんの方はどうだったんですか？」

「初美さん？　献身的だったよ」大岩が首を振った。「お嫁さんって、そんなに熱心に介護はできないはずだけどね。仕事もしながらだから、相当大変だったと思う。田口っていうのは、税理士をやってる割に、ちょっとずぼらなところがあってね。奥さんのサポートがないと、きちんとやっていけなかったんじゃないかな。奥さん、うちにも何回か専門書を買いに来たよ。介護のこととか、食事のこととか、勉強しようとしてたんでしょう。熱心だったね」

「そういう話、店ではしたんですか？」

「軽く、ね。そんなに詳しく知ってるわけじゃないけど」

「ご主人――泰治さんとは幼馴染なのに？」

「初美さんは、元々静岡の人なんだよ。田口とは、東京の大学で知り合ったんだ」これで十分だろうとでも言うように、大岩はそれ以上説明しようとはしなかった。

「泰治さんは、たきさんが倒れてからどんな様子でした？」

「呑まなくなったね」大岩がさらりと言った。「昔からの友だちだから、よく呑んだんですよ。そうね……週に一度は一緒に呑むのが長年の習慣だったんだけど、たきさんが倒れてからはそれもできなくなった。愚痴ぐらいいつでも聞いてやるって言ったんだけど、そんな暇はないって断られちゃってね。介護は奥さんが頑張ってたんだろうけど、そういう状態だと、呑みに行く気にもならないよね」

「泰治さんは、結構呑む方だったんですか？」

「そうだね。『唯一のストレス解消法だ』なんて言ってたし。だから呑めなくて、相当ストレスが溜まってたのは間違いないと思うよ。あいつもうちへはよく来てたから、俺も機会を見つけて話を聞くようにしてたけど」

「本好きだったんですか？」

「というより、うちは文房具も扱ってるから、そっちの方でね。段々元気がなくなっていって、あれは見ていて辛かったな」

何故だ？　一番面倒な介護を妻が——そして健太が引き受けていたとしたら、それほど落ちこむことはなかったんじゃないか。そんな風になる理由が、どうも分からない。

「ちょっと心配なこともあってね。もしかしたら、本人も病気なのかもしれない」

「そうなんですか？」

「たきさんが亡くなる一週間ぐらい前だったかな……うちへ来て、医学書のコーナーでずっと立ち読みしてたんだ。友だちだから立ち読みぐらいはいいいんだけど、あの時は一時間ぐらいいたからね」

病気のことぐらい、ネットでいくらでも調べられるのに……何を気にしていたんだろう。何かが引っかかった。

「どんな本を立ち読みしていたか、分かりますか」

「そうね……ちょっと、店に行ってみる？　本棚の場所を見れば、どんな本を読んでいたのか、だいたい分かるよ」

「お願いします」

店に戻り、泰治が立ち読みをしていたコーナーの本を確認する。医学関係の本はこんなに出ているんだ、と将は驚いたが、やがて疑念が少しずつ頭をもたげてくるのが分かった。大岩も首を傾げた。

「調子でも悪かったのかな。あいつ、『俺は呼吸器系だけは健康だ』なんて自慢してたのに……一日四十本は吸うへビースモーカーなんだぜ」

自転車にも段々慣れてきた。もう少しソールの薄い靴を履いていればよかった、と思う。かなり分厚いスニーカーのソールでは、何となくペダルがしっかり踏めていない感じがするのだ。走っていれば汗もかくが、スピードが出ているので、頬を叩き、髪の間をすり抜ける風が心地好い。真っ直ぐな国道一号線を往復している間に、このままどこか遠くまで行ってしまってもいいかな、と思った。それこそ祖父のように伊東まで。あるいは箱根の山越えができれば、ずっと静岡までも。

馬鹿馬鹿しい。

「馬鹿だよな」何が馬鹿なのかも分からず、将は顔に叩きつける熱風に向かってつぶやいていた。

前を行く人の背中に気づき、ペダルを踏む足から力を抜く。だらしなくずり落ちたズボン、左半分だけが外へ出たシャツ。健太だ。薄い鞄の持ち手を肘に引っかけ、両手はポケットの中。スニーカーの踵を踏み、ズボンの裾を引きずりながらだらだらと歩いている。家の方に向かっているみたいだけど……学校は終わっている時間だから、いいんだろうな。それにサボっても、僕がとやかく言うことじゃないし。

追い抜いたところでブレーキをかけ、自転車を傾けて左足を突く。サドルの高さには未だに慣れない。走っている時はいいのだが、乗る時、降りる時はまだ不安定になる。今も左足の爪先が辛うじてアスファルトの上につくぐらいで、思い切りよろけてしまった。

振り返ると、健太が苦笑を噛み殺している。

「何か、ダサイし」

「サドルが高過ぎるんだよ」

「それ、麻生さんの自転車じゃない？」

「知ってるのか」

「自慢してたから。七十万円とか言ってたけど、自転車にその値段、あり得ないいんじゃない？」

「五十万円じゃなくて？」ぼけたのか、と思いながら将は首を捻った。安い買い物ではないのだから、値段ぐらい覚えていそうなものだが。

「俺は七十万って聞いたけど。麻生さんも、好きなことにはいくらでも金を使うよね。でも、その自転車、腰にくるみたいだね。それで腰痛が悪化したって言ってたよ」

「よく分からないな。どこからそんな金が出てくるのか」

「警察官って、年金とかたくさん貰えるわけ？」

「知らない」

会話が途切れる。最初に会った頃の無愛想な口ぶりが消えかけているのに将は気づいた。今ならもう少し話ができそうだ。気になることもあるし。

「ちょっと海でも行かないか？」

「何、それ」健太の唇が歪む。「男二人で？　それってちょっと馬鹿っぽくない？」

「この辺だと、話できるところもないじゃないか」

街へ来て初めて見かけた喫茶店が、先ほど大岩と入った店だった。同じ店に短時間のうちに二回も行くのは何となくみっともないし、懐も心もとない。見栄もあって、さっきは二人分のコーヒー代を出してしまったのだ。

「ま、いいけど」

先に立って健太が歩き出した。この辺の道はまだよく分からないから、任せるしかない。将は自転車を降りて押しながら、彼の背中を追った。

健太は国道一号線を横断し、住宅街の中の細い道を抜け、迷わず歩き続けた。顔にまとわりつく熱い空気に、次第に濃い潮の匂いが混じり始める。健太が自動販売機の前で立ち止まり、コーラを買った。将もズボンのポケットに手を突っこんだが、金は……あまりない。気づいた健太が、不思議そうな顔でこちらを見たので、思わず切り出す。

「奢ってくれるってことは……」

「高校生にたかるわけ？　ダサ過ぎでしょ、それ」健太があざ笑ったが、財布から百円を取り出した。放って寄越したので空中で受け取る。「あと二十円ぐらい、あんだろ?」

ポケットから手を引き抜く、拳を広げると、五十円入っていた。自転車を漕いで運動したのだから、とスポーツドリンクにする。右手でペットボトルを持ち、左手で自転車を押しながら、健太の後を付いていく。西湘バイパスの手前で道は行き止まりになるが、自転車を押してコンクリート製の階段を上り、バイパス沿いの遊歩道を少し行くと、海岸へ出る小さなトンネルが現れる。トンネルを抜ければ、その先はもう海岸だ。狭い砂浜の向こうに消波ブロックの山。釣り客もサーファーもいない、地元の人だけが知っている穴場なのだろう。泳げる感じではないが、犬の散歩には最高だ。

波の音と頭上の西湘バイパスを行き交う車の音が交錯して煩い。健太は狭い砂浜を横切り、消波ブロックの一つに腰かけた。少し斜めになっているので、体を倒して足を踏ん張る格好になる。将は近くの砂の上に直に腰を下ろした。今日も気温は三十度台半ばまで上がっているだろう。本格的な夏はまだ少し先とはいえ、陽射しは凶暴だ。左足を伸ばし、右膝を曲げて抱えこんだ状態でペットボトルの蓋を開け、中身を一気に流しこむ。少し塩気を感じさせる味わいが、喉の渇きを抑えてくれた。

「ちょっと怖いことがあるんだ」将は切り出した。健太は無言。ちらりと横を見ると、まだプルタブを開けていない缶を手の中で転がしていた。「聞いてんの？」

「聞いてるって」鬱陶しそうに健太が言った。

「うちのバアチャンなんだけどさ……殺されたのかもしれない」

強い視線を感じ、将はもう一度健太の方を向いた。突き刺すような勢いでこちらを睨んでいる。

「俺に適当に話を合わせてるなら、やめてくれないかな。そういうの、洒落にならないんで」

「冗談でこんなことは言わないよ。うちのオヤジが病院を出た直後に、バアチャンの息が止まってたんだ」

健太がますます強い視線で将を見た。しかしその目には怒りはなく、むしろ戸惑いが浮かんでいる。

「寝たきりの人を殺すなんて、簡単だと思う。枕を顔に押しつければ、すぐだよな」

「本当にそんなこと、考えてんの」

「分からない。確信はない。でもずっと、疑ってたんだ……と思う」

「疑ってて、ずっと父親と一緒に住んでたわけ？　だったらあんた、結構神経太いよね」

　そうかもしれない。どうして自分は、さっさとあの家を出なかったのだろう。人殺しと一つ屋根の下に住むなんて。今考えると冷や汗ものだ。父親は、僕が何かを疑うこともないほど鈍いと思っていたのか、それとも何か別のことを考えていたのか。

「本気か？」健太の目が一際真剣になる。コーラを握る手に力が入り、缶がかすかに歪んだ。

「分からない。証拠は何もないし」

「バアチャンは……」健太が両手で缶を摑んだ。そのままでは喋れないと思ったのか、ふっと力を抜いてプルタブに指をかける。かしゅっと小さな音がした直後に炭酸が溢れ出て、健太の指を濡らした。零れたコーラは消波ブロックの上に落ちて小さな黒い染みを作る。健太は喉仏を上下させながらコーラをぐいぐいと飲み下し、缶を口から離すと溜息をついた。「酸素濃縮器をつけてた」

「家にいたのに？」

「病院に置いておくような大袈裟なのじゃなくて、もっと小さいやつ。でも、それがないときつかったと思う。脳梗塞の後、肺の病気で呼吸障害が出てさ」

「ということは？」

「誰かがスウィッチを切れば、簡単だったはずだ。切りっ放しじゃなくていいんだ。五分とか十分、電源が切れてれば、それで……」

「でも、誰かがやったという証拠はない」将は緊張で鼓動が高鳴るのを感じた。泰治が立ち読みしていた医学書。

「ない」健太がぼそりと繰り返す。

「ないけど、誰かがやったと思ってるんだ——誰かって、お父さんが」

健太は答えなかった。コーラの缶を両手で抱えたまま、首を横へ捻って遠くへ視線をやる。釣られて将も、海に目を投げた。強い陽光が無数の小さな波に反射している。目に痛いほどの白さが、視界一杯に広がっていた。砂浜の上を風が吹き抜けて、汗を含んだ髪を揺らす。

「どうしてそんなことをしなくちゃいけない？」

「面倒になったんじゃないかな」

「介護が？」

健太が無言でうなずく。そこがおかしい。今まで聞いてきた話では、たきの世話は健太の母親――初美が中心になってやってきたはずだ。それに健太は、一日中家にいたわけではないのだから、実際にどうなっていたかなんて、知らなかったはずなのに。だいたいこいつの両親だって、詳しいことを教えたくなかったんじゃないかな――負担に感じさせないために。それでなくても健太は、自分から進んで祖母の面倒を見ていた。これ以上無理はさせられないって考えるのは、普通の親の感覚だろう。

「どうして介護を手伝おうと思った？」将は訊ねた。

「家族だから、当たり前じゃん」

「人に任せておけないと思ったんじゃないか？　僕はそうだった」

「マジで？」

「介護士が乱暴な人でさ」将はスポーツドリンクに口をつけ、喉を潤してから続けた。「そういうやり方もあるんだろうけど、見ていられなかったんだよ。それで手伝うようになって……バアチャンもその方が喜んでくれたから」

「考えることは同じ、か」健太がぽつんと言った。

「家族に世話されるのを嫌がる人もいるけど」

「そうかもね。母親にいろいろされるのは嫌ってたみたいだ。家族って言っても他人だから。でも、俺がやると平気だったんだよな。やっぱり直接血がつながってたからかもしれない」

「はっきりしたことは分からないけど」将は予防線を張った。「お母さん、頑張ってたんじゃないかな。そんな風に言う人もいるんだ」

「俺にはそんな風には見えなかったけど」

「気づかせてなかったのかも」

「何のために？」

将は肩をすくめた。健太がそれを見咎める。

「適当なこと、言うなよ」

「僕は今でも、たきさんが誰かに殺されたとは思っていない。そんなに気になるなら、自分で訊いてみればいいんだ」

「そんなこと、訊けるかよ」

「うちのジイサンには言えるのに？」

少し意地悪な質問だったかもしれない。健太の目に、いつもの凶暴な光が宿った。

「じゃあ、あんたはどうなんだよ。自分の父親に訊けるのか？」

「……訊くよ」考えてもいなかった台詞が出てしまった。そんなこと、する必要ないのに。危うく成立している生活を壊してまで、余計なことを確かめなくていい――そう思っていたからこそ疑念だけが膨らみ、僕の両手両足を縛っていたのかもしれない。「訊いてみる。だから、君も――」

「関係ないね」健太が乱暴に言い放ち、立ち上がった。

「ちょっと待てよ」呼び止めてみたが、健太は振り返りもしない。

止まらなくてよかった、と安堵した。少しは気持ちが通じ合ったと思ったが、今はこれ以上話すことなどなかったのだから。

18

原口は、露骨に迷惑そうな表情を浮かべた。だが麻生は彼の不満気な態度を無視し、生活安全課の一角にあるテーブルについた。エアコンの吹き出し口の真下に当たるので、冷風がもろに首筋に当たる。

「お前のところには、省エネという考え方がないのか」

「は？」

麻生は立ち上がり、壁に設置されたリモコンを確認した。設定温度、二十六度。すぐに二十八度に上げる。

「勝手にいじらないで下さいよ」

「馬鹿者。冷房は二十八度が普通だ。温度を下げるとその分電気代がかかる。これだって、県民の税金から出てるんだぞ」

原口が思い切り溜息をつく。どうもいかんな、と麻生は密かに反省した。原口が「最後の弟子」なのは事実だが、自分が警察を離れてから、既に十数年が経っている。それをいつまでも、顎でこき使うのは筋が通らないだろう。そうはいっても、この男が使いやすいのは事実だ。打てば響く聡明さもあるし、何より誠実である。そこにつけこむ格好になってしまっているが……腰の後ろで両手を組んで振り返り、原口と向き合う。原口は「休め」の姿勢を取ったまま、憮然とした表情を隠そうともしなかった。

「前に少し話したことがあったか……田口の家のことだ」

「ああ」原口が困ったように唇を歪めた。「その件なんですけど、変な噂が流れてますよ」

「何だって？」

「そのおばあさん、家族の誰かに殺されたかもしれないって。それが……将君があちこち訊き回ってるでしょう？　それで、変な風に疑いを持つ人が出てきたみたいで」

麻生は思わず額を揉んだ。あの馬鹿……「訊き方」があるだろうが。まさか、「誰がたきさんを殺したのか、知ってますか？」などとダイレクトに訊いて回っていたのだろうか。怒りがこみ上げてきたが、自分にも責任はある、と思う。素人をいきなり放り出して、上手くいくわけがない。

「何か、具体的な証拠はあるんですか？」

「ない」

「だったら今のところ、警察としては何もできませんね」

「分かってる」

「分かっていて、話しに来たんですか？」

「もしかしたら、お前の勘が働くかもしれないと思ったが」

「勘は……」原口が人差し指を曲げ、こめかみを突いた。「働かないですね。そもそもこれは、生活安全課の仕事でもない」

「それは分かっている。だが、警察も横のつながりを考えながら仕事をすべきじゃないか。いつまでも縦割りでやっていると、現代的な犯罪には対応できない」

「これが現代的な犯罪とも思えませんけどねえ」さほど関心がなさそうな態度で、原口がうなずく。それ故、次に出てきた言葉は麻生にとって意外だった。「とはいっても、噂が流れてる以上、無視もできないか……刑事課も今、暇なはずですし、俺が面倒を見ている若い奴がいますから、ちょっと実地訓練でもしてみますか」

麻生は、胸の中に温かいものが流れ出すのを感じた。将があれこれ動き回っても、できることには限界がある。そもそもあいつは素人なのだ。むしろ、噂を広めてしまうというマイナス面がある。

「助かる」

「ただし、すぐに何か分かるとは思わないで下さいよ。こういうのは外に漏れにくい話で、デリケートな問題です。ゆっくり調べた方がいいでしょう」

「そうだな」麻生はうなずいて同意した。「気をつけないと、噂を広げてしまうことになる」

噂、か。

刑事時代、無責任な噂にはずいぶん悩まされた。重大な情報はほとんどなく、大抵は推測から出た悪意が変化したものである。おかしいと思っても一応潰さざるを得ず、その度にひどい疲弊感を覚えたものだ。もちろん今は、ネット上でもっとひどい噂がいくらでも流れている。それが現実世界に侵出して、より多くの人を惑わせることもある。何かの事件の犯人と同姓同名の人が名指しで批判を受け、住所や職業などを晒されて、電話などで嫌がらせを受ける事件もないではない。そうも簡単にネット上の噂を信じてしまう人間がいるのが麻生には信じられないのだが、世間一般の感覚はまた違うのだろう。

そして、噂を潰す方法などない。「違う」と言って回っても、むしろ疑いが深まるだけだろう。絶対的な証拠を見つけ、今度はその噂が広まるのを待つしかない。噂で噂を打ち消すわけだ。

だが麻生は経験上、今回の件がひどく難しいことを理解していた。「やったこと」を証明するための方法はいくらでもあるが、「やっていない」と証明するのは極めて難しい。

「麻生さんの持ってくる話はいつも大変だ」原口が溜息をついた。

「王亮の件は上手くいったじゃないか」

「まだ捕まえてませんよ」

「そっちも頑張れ。大物だから、無事に逮捕できれば本部長表彰が待ってるぞ」

「賞状が欲しくて仕事をしているわけじゃありませんよ」原口がようやく椅子を引き、腰を下ろした。テーブルに両肘を載せ、手を組み合わせる。緊張している時の癖で、下唇を噛んでいた。

「結構なことだ。上の顔色を窺(うかが)いながらする仕事は、ろくなものじゃないからな」

「ですね……」原口が苦笑する。それで少し緊張が解(ほぐ)れたようだった。

「ところで、どうしてこんなことまでお孫さんに調べさせてるんですか」

「調べたなんて大袈裟な話じゃない。単なる御用聞きだ」

「しかし、結構やるもんですね」原口が顎を撫でた。「今、仕事をしてないんだったら、県警の採用試験でも受けさせませんか？　優秀な人材なら大歓迎ですよ」

「優秀かどうかは、何とも言えんな」麻生は肩をすくめた。あれぐらいの情報なら、普通に話ができれば聞き出せる。何より将は、自分の孫という特殊な立場で聞き込みをしているのだ。麻生は、鴨宮の地域社会における自分の立場をよく知っている。鬱陶しがる人も少なくないが、昔からあそこに住んでいる土地っ子の間では、頼りになる存在だと自認していた。その孫だからこそ、話す気にもなる。名代(みょうだい)、という感じだろう。

「麻生さんも、秘密兵器を隠していたわけですね。お孫さんがいたなんて、全然知りませんでしたよ」

「そうだったかね」

麻生は頭の中で素早く計算した。将が生まれたのは、自分が五十三歳の時。原口が部下になり、家をしばしば訪れるようになったのはその後だ。当然、娘とは完全に疎遠になっていたわけで、その話題を自分が持ち出すはずがない。

「そういえば麻生さんって、自分のご家族のことはあまり話しませんよね」

「話すほどの家族じゃないからな」

「でも、あれだけ家族の問題にかかわってきた人が……すいません、余計なこと、言いましたか？」麻生の顔色をうかがうように原口が言った。

「いやいや、そんなことはないよ」適当にお茶を濁して辞去する。

胸の中には、もやもやした何かが巣食っていた。原口は何か知っているのではないだろうか。自分がいない時に、妻がこの後輩に家族関係の愚痴を零したことも考えられる。琴恵はあけっぴろげなタイプだったから、家族の恥になるようなことも、平気で他人に打ち明けていた可能性はある。

ゆっくりと市役所の前まで歩いて行く。すぐに来た小田原駅西口行きバスの、最後部のシートに腰かけた。署からバス停まで歩いて来るわずかな間に噴き出した首の後ろの汗をタオルで拭いながら、麻生はぼんやりと思考が漂うに任せた。

自分のやること全てに自信があったわけではない。自信がないからこそ高圧的に振る舞い、批判を撥ねのけてきたのも否定できない。例えば子育てだ。香恵が生まれ、成長していた頃は、自分も一番必死に仕事をしていた時期である。だから子育ては琴恵に任せ、自分は厳しい父親として威厳を保つことだけを考えた。世間の多くの男親がそうしているように。娘との接触も、甘やかさぬよう気をつけた。

それでも、娘が大学へ入り、成人する頃には、普通の親子関係になれるだろうと予想していた。

その思惑があっさり外れた時の衝撃は、未だに忘れられない。香恵はひたすら家を出たい――俺から離れたいと願っていた。大学へ進学した後、アルバイトを始めて強引に都内に部屋を借りたのがその第一歩だったし、卒業と同時に結婚してしまったのは衝撃の第二波だった。どうして琴恵は止めなかったのか。そう聞いたら、妻は笑いながら「都合のいい時だけ私を盾（たて）にしないで下さいよ」とあっさり切り捨てたものである。

子育てはやり直しがきかない。

孫と娘とは違う。

それは分かっていて、俺は将を強引に引っ張り出した。急速に社会生活に復帰しつつある孫の姿を見ているうちに、麻生はどうしても娘を思い出してしまうのだった。自分はどこでどう間違ったのか——分かっている。最初からだ。問題は、どうしてあんな風にきつく縛ることこそきちんと育てることだと考えてしまったか、である。普通に接すればよかったのに。

その「普通」が簡単には分からないから困る。

麻生は一通り料理をするが、天ぷらは得意ではない。衣を混ぜ過ぎないこと、氷を加えて温度を上げないように気をつけること……頭では分かっているのだが、上手くいった例がない。花が開いたように綺麗な衣を広げたいのだが。

今日も、衣がぼってりと分厚くなってしまった。からっと仕上がらず、ふにゃふにゃした感じ。思いついてレモンと塩で食べてみたが、今日の夕食のそうめんには合わなかった。

まあ、いいだろう。料理屋を開くわけではなく、ただの夕飯なのだから。目の前の将も、黙々と食べているではないか。「美味い」と言うわけではないが、箸の動きを見れば喜んでいるのが分かる。麻生も、しばし休めていた箸を動かし、そうめんを食べた。酸味がきつい……天ぷらにたっぷりかけたレモンが、そうめんの汁に混じってしまったのだ。酸味が、そうめんの淡い味を殺してしまう。

ほとんど無言で将が食事を終え、箸を置く。麦茶を一口飲み、ぼんやりと視線を彷徨わせた。何か考え事をしているようだが……また現実世界からの逃避を考えているのかもしれない。だが、身近な道具である携帯には手を伸ばそうとしなかった。まじまじと顔を見ると、鼻の天辺が赤くなっている。今日一日自転車で走り回ったのだから、日焼けしないわけがない。両腕もすっかり色が変わっていた。

「洗い物は任せたからな」

麻生の指示にも反応がない。今まで洗い物はさせていなかったのだが……やる気がないのか？

「おい、聞いてるか？」

「え？　あ、いや……」将がはっと我に返った。

「お前、どういう訊き方をした」一言、注意せざるを得なかった。

「何が」

「変なことを言わなかっただろうな。たきさんが誰かに殺されたって、噂が流れてるんだ」

「いや……」

将が唇を引き結ぶ。思い当たる節があるのだ、と分かった。反省している様子なので、「気をつけろ」とだけ言って放免する。しかし将の方では、まだ話があるようだった。

「ちょっと、いい？」

「何だ」

「パソコン、使わせてくれないかな」真剣な表情、口調だった。

「またネットの世界に逆戻りか？　携帯のバッテリーが死んだか」

「そうじゃない」将が首を振った。「調べたいことがあるんだ。携帯サイトじゃ、よく分からなくて」

「そうだな。だいたい携帯電話は、もう時代遅れだ。お前も自分で稼いで、さっさとスマートフォンに乗り換えた方がいい」

「うん……」

からかっても反応なし、か。よほど気になることがあるようだ。

「別に構わんが、何がそんなに気になる？」

「ちょっとね」

「今日は一日、あちこちで話を聞いてきたんだろう？　それに関係あることとか」

「まあ……」

将の気持ちを、麻生は理解しかねた。自分の耳に入れると都合の悪いことなのか、あるいはそれなりに結論を出してから報告するつもりなのか。考えてみると、自分は孫の性格をほとんど摑んでいない。娘のことさえ分からなかったのに、ろくに会いもしなかった孫について知っているはずもないのだが。

「分かった。好きに使え」麻生も箸を置いて立ち上がった。この時間は、全てのマシンの電源を落としている。立ち上げるにはパスワードが必要だ。「ついて来い」

二人で階段を上りながら、麻生は不思議な違和感を覚えた。すぐにそれが、二人分の足音だと気づく。来客の多い家なのは、琴恵が亡くなっても変わりはないのだが、基本的には一人暮らしである。夜、一人になった時の不気味なまでの静けさ……今はそれがない。たとえ大人しく寝ていても、将の存在をはっきりと感じる。

この後、将の扱いをどうするべきか。家に帰すか、それともずっとここに置くか。本当は一人暮らしさせるべきだと思う。一人だと、閉じこもることもできないのだ。働き、食料を調達しないと飢え死にしてしまう。実家なりこの家なりにいれば、食事の心配をする必要はないのだから、外へ出ずとも暮らしていけるが、それでは駄目なのだ。完全に環境を変えて、自活させること。

その見切りは、いつになったらつくのだろう。

つけなければいけないのか。

このままずっと、孫の面倒を見ながら生きていくのも、悪くないかもしれない——自分が元気なうちは。それはある種の贖罪(しょくざい)になるかもしれない。

麻生はメインで使っているウィンドウズマシンを起動させた。これが一番スペックが高い。インテルの最新ＣＰＵにメモリ８ＧＢは、家庭で使うには明らかにオーバースペックだが……買うならその時々で一番高性能なマシンを、というのはパソコン使いの常識である。

マシンの前の椅子に将を座らせ、引き出しを開ける。中にはＵＳＢメモリやＤＶＤなどのメディアが入っている。

「何か保存する時は、ＵＳＢメモリを使え。どれが空いているか分からんから、中を見て確認してくれ。プリントするなら、そっちのキヤノンから出る」窓際の棚に置いたプリンタを指差す。Ａ３出力が可能な、カラーレーザープリンタ。「防犯ニュース」の編集用には、これがどうしても必要だった。かなり高い買い物だったが……。

「何か分からないことがあったら呼べ」

「調べるだけだから」

「何を？」

かまをかけてみたが、将は無反応だった。あまり突っこんで頑なにさせてもと思い、麻生は孫にうなずきかけてから部屋を出た。さて、何をするつもりなのか。

階下で電話が鳴っているのに気づき、麻生は慌てて階段を駆け下りた。受話器を引っつかむと、興奮した原口の声が耳に飛びこんでくる。

「王亮、捕まえました」

「よし」麻生も思わず大声を出し、拳をきつく握り締めた。「よくやった。場所は？」

「横浜です。外事（がいじ）の連中があぶりだしてくれたんですよ」

「あの阿呆どもでも、役に立つことがあるのか」麻生は半分本気で驚きながら言った。スパイの監視・摘発という役割は名ばかりで、神奈川県警の外事が役に立ったことなどないと思う。

「麗華は？」

「一緒でした。その他にも、中国人が何人か」

「王亮と麗華の様子はどうだ？」

「……あれは、できてますね」原口が暗い声で言った。

自分の行動は正解だった、と麻生は安堵の吐息を漏らした。要するに、三原が一方的に麗華にのぼせ上がっていただけなのだ。向こうは、近づいて来た日本人を、いいように利用しようとしたのだろう。何とか三原を傷つけずに事件は解決した。自分の周囲百メートルの人を幸せに……麗華については、仕方ないのだと諦めることにした。店で働くようになる前から、王亮とは関係があったのかもしれない。店に損害が出なかったことで、よしとしなければ。

「しばらく忙しいな」

「ええ。ところで、例の件も刑事課の後輩には伝えましたからね」

「そうか」麻生の方では、伝えるべき新しい情報がない。

「どうかしました？　何だか乗り気じゃないみたいですね」

「いやいや、そんなことはない」麻生は無理に元気な声を出した。つき合いの長い後輩には気づかれてしまったかもしれないが……懸案事項が多過ぎるのだ。「いろいろ無理言ってすまんな」

「とんでもない。これで一つ、勲章が増えますよ」

賞状なんかいらない、と言っていたくせに……まあ、人間というのはこんなものだろう。手が届く場所に餌がぶら下がっていれば、絶対に手を伸ばすのだ。

電話を切って、畳の上に胡座をかき、麻生は麦茶を啜った。田口の件はどう攻めるか……噂話は無責任に流れてしまう。将が余計なことを言わなくても、邪推する人間もいるだろう。夫婦が、介護問題で苦労していたことは皆知っているのだから。

気になると言えば、そもそも健太が家を避けるようになったのは、どうしてだろう。家の中で何かあったのは間違いないのだが、その「何か」が今回の件につながってくるのでは……将の引きこもりのそもそもの原因も気になる。

肝心なことを何も訊いていないな。もちろん、いきなり本丸へ攻撃をしかけるだけが手ではない。外堀をゆっくりと埋め、相手が気を許したところで一気に柔らかい部分に手をかけるのもありだ。その頃には向こうも覚悟ができている――よほど鈍い人間でない限り。

将本人のことはともかく、健太についてはおかないと。今日の聞き込みについて、将は特に何も言っていなかったし……何か分かって、その意味を自分の中で転がしているのかもしれない。立ち上がり、二階へ向かい始めた瞬間に、階段が軋む音がした。すぐに、将が暗い顔を見せる。何かあった、と麻生は直感した。

「どうした」

「うん……」

将は顔を上げない。麻生の脇を通り過ぎて、そのまま玄関へ向かおうとする。麻生は思わず孫の腕を摑み、引き寄せた。

「気になることがあるなら、はっきり言え」

「いや」口をつぐむ。首を捻って、麻生の縛めから逃れようとしているのだが、どうしても逃げようというわけではないようだ。

「お前一人で解決できる問題なのか」

「それは……」

将は体を捻って、ゆっくりと麻生に向き直った。珍しく――おそらく初めて、正面から麻生の目を覗きこんでくる。二年間引きこもっていたことが信じられないような、強い視線だった。今では麻生は、将の引きこもりが一種の偽装だったことを確信している。本当に社会との関係を絶とうとしたら、ネットにすら頼らない。そこには、今では

「もう一つの社会」と言える世界が出来上がっているのだから。将は、リアルな世界とのつながりの代わりにネットを求めただけなのだろう。

しばらく前、妹の五月からかかってきた電話を思い出す。

『将が大学へ行ってないみたいなの。家に行ってみたんだけど、様子がおかしくて……蒼白い顔で、言葉も少なくて』

『引きこもりか』

『そういう感じね。二年ぐらい前からみたいよ。あちらのおばあさんが亡くなってから』

『父親はどうしてる。きちんと面倒を見るのは親の義務だぞ』

『そんなこと言っても、何にもならないわよ。兄さん、直接言ってみたら』

『あいつとはろくに話したこともない』

『でも、何とかするのは兄さんの義務でしょう。家族なんだから』

『冗談じゃない』無視してしまってもよかったのだと思う。ほとんど会ったことのない孫がどうなろうが、どうでもよいではないか。

だが、何故か放っておけなかった。そして売り言葉に買い言葉の後で、半分自棄になって、自分が何とかする、と言ってしまった。

今、孫は目の前にいる。まとまらない言葉をまとめ、何かを訴えようとしている。将は逃げない、と麻生は確信した。ここで喋ることで、抜け出そうとしているのだ——自分が捕らえられていた洞穴から。

あることを思いついた。最初は「まさか」と思ったが、疑念は急速に膨らんでいく。将の引きこもりの原因は、祖母の死にあるのではないか。可愛がってもらった祖母が死んだから落ちこんだというレベルではなく……嫌な想像が頭の中を走る。

将に「居間で待ってろ」と告げてから、麻生は受話器を上げた。相手の声を聞くと、事情を説明し、「面倒だが、頼む」と頭を下げる。こんな風に頼み事をするのは、麻生にしては極めて珍しかった。

19

「簡単なんだ」将は覚悟して告げた。長い医学技術的な説明の後でその言葉を口にするのは、とても面倒で、勇気が必要だった。短い結論が、重大性を意識させる。

「そうか」祖父が素っ気無く答える。

「本当に、指先だけで……」人の命を奪える。「五分でいいんだ」

「たきさんの症状で、五分間、酸素が肺にいかないと危険な状況になる、と。それは分かった。たきさんじゃなくても、五分呼吸できなかったら大変だろうがな」祖父の声は重々しく冷静だった。「今の情報は、ネットで拾ったんだな？」

「そう」

「不十分だ。専門家に裏を取る必要がある。明日、もう一度久内に会って来い」

「一人で？」

「何人も揃って押しかける必要はないだろう」

「そう」将は素っ気無く切り返して、煙草を取り出す。いつの間にかパッケージはよじれ、煙草も折れ曲がっていた。口にくわえたが、火を点ける気にはなれない。気づくと、煙草は細かく震えていた。僕は何を恐れているんだろう？

シンクロニシティ。時期こそ違え、二つの出来事が重なっているから。

「お前が探り出したことだ。お前が自分で決着をつけろ」

「決着って、何だよ。そんなの、僕がやることじゃない。警察に任せればいいだろう」

「健太のことはどうする」祖父はあくまで落ち着いていた。「いきなり家に警察が踏みこんだら、どれだけショックを受けると思う」

「あいつは覚悟してるよ、たぶん」将は煙草をパッケージに戻した。

「だから、あなたのところへ相談に来たんでしょう。真実を知りたくて……」

「そうとは限らん。むしろ不安で、どうしていいか分からなかっただけじゃないか。これから事態がどう転がっていくにしても、覚悟なんかできてないだろう。だからこそ、お前が調べて、最後まで責任を持つんだ」

「人の人生になんか、責任を持てないよ」祖父の言葉がどうしても理解できない。何度か会っただけの相手に対して、どうしてそこまでしてやらなくちゃいけないんだ。そうでなくても、どんなことに対してでも責任を負うなんて、自分には重過ぎる。こんな重要なことを軽く言う祖父の心根がさっぱり分からない。

「やるなら最後までやる。一度かかわってしまったからには、結果を見届けるんだ」

「何のために？　他人の家の話じゃない。僕には関係ない」覗き見の興奮も、今はすっかり冷えている。事実は——事実ならば、あまりにも重過ぎる。

「そうやっていつまでも『関係ない』って言い続けてると、自分のことにも責任を負えなくなるぞ」

「責任なんか負わなくていいよ。そんなことしなくても、生きていける」

「生きるだけならな。意味を持って生きていくには、それじゃ駄目だ」

「訳分からない」将は首を振った。祖父はいったい、僕にどんな人生を送らせたいのか。どうして他人に自分の人生を決められなければいけないのか。

「お前の人生は、まだ全然始まっていない。これからだ。だから、今のうちに正しい方向性を決めればいい」

「正しい方向なんて、あるわけ？」将は挑みかかるように言った。

「人生なんて、人それぞれじゃない。模範解答なんてないでしょう。人に道筋を決められたくない」

「だったらお前は、自分で自分の人生を決められるのか？」

「あなたはどうなんですか」将は思わず言い返した。「僕の母親……あなたの娘のことは放っておくんですか。これからも断絶したまま、生きていく？」

「香恵と話していないのは、お前も同じだろう。電話ぐらいできたはずだ」

「あの人は、僕を見捨てたんだ。自分勝手に生きてるだけなんだよ。それでも誰にも文句を言われない。本当はあなたが言うべきだったんだ。正しい人生に導いてあげるべきだったんじゃないの？　外ではそうやって、正義の味方として生きてきたんでしょう。だいたい、どうして僕はここにいるわけ？　ろくに話したこともないのに、何で僕を引き取ろうとしたの。娘を育てるのに失敗したから、孫は……とか考えてるわけ？」

息が切れて、口をつぐんでしまう。こんな風に感情の赴くままに話すことなど、滅多にない。祖父の姿がかすかにかすむ。情けない……だけど、この人の思い通りになってたまるか。

「贖罪なんだ」

「そんなつもりはない」否定する声に力はなかった。

「じゃあ、何なの。人の家の事情に首を突っこむのも、自分の家族で失敗したからじゃないの？　家族がいない寂しさを紛らすため？　だったらわがままだよね。誰だって、触れて欲しくない事情はあるのに」

「それなら、健太のことは放っておくか？」

将は何も答えず、立ち上がった。スニーカーを突っかけ、まだ熱気の残る外へ出て行く。祖父は言葉もかけてこなかった。

歩き出し、煙草に火を点けると、しだいに気持ちが落ち着いてきた。

別に、怒ることもなかったよな……ただ話を聞くだけじゃないか。それに自分自身、中途半端な気持ちを抱いている。

自分でも意外だった。こんなに一つのことに執着できるなんてね。それに健太に、個人的な事情をかなり喋ってしまったのも不思議だった。それでも何故か、後悔はない。もしかしたら僕は、モニタを通じてではなく、面と向かって誰かに話したかったのかもしれない。結果としてそれが自分より年下の高校生だったというのは、何となく情けない感じもしたが。

夜風はまだ鬱陶しく熱を持ち、体にまとわりつく。自転車に乗ってくればよかったな、とふと思った。風を感じる快感は、久しく経験したことのないものだった。だが今は、自分の足に頼るしかない。

気づくと、昼間健太と一緒に来た砂浜に出ていた。積み重なった消波ブロックの一番上によじ登り、海の方を向いて座る。新しい煙草に火を点け、夜空に向かって煙を噴き上げた。さすがに東京に比べて、夜空には星が多い。昼間よりも風が出てきたようで、波の音が規則的なリズムで刻まれ、眠気が押し寄せてくる。実際、一瞬眠ってしまったようだ。くわえたままの煙草から暖かな灰が零れ、頬を柔らかく撫でていったので目が覚める。

煙草を海に投げ捨ててから、膝を抱えこんだ。少し湿った空気は国道沿いよりも冷たく、Tシャツから突き出たむき出しの腕が気持ちよく冷える。頭の中も冷静になってきた。この二年間は何も考えていなかったが、今思えばそれは、自分が正常な状態を取り戻すための回り道、準備期間だったのかもしれない。誰だって挫折する。それを簡単に乗り越えて、すぐにそれまでと変わらぬ日常を送っていく人もいるだろうが、壁にぶち当たってそこから先へ進めなくなる人だって少なくないだろう。僕もそういう人間の一人だったというだけだ。決してだらしないわけではないし、気持ちが弱かったとも思わない。

そう思わないとやってけないよな。

そして今僕は、自分を壁の中に閉じこめていた原因に気づいている。原因というか、謎……それを解く方法も既に分かっている。直当たりすればいいのだ。

問題は、自分にその勇気があるかどうかだよね。

人が持っている勇気というのは、決まったサイズしかないのかもしれない。育てることはできず、使い果たしたらそれで終わりかもしれない。

　久内は、汗だくになった将を見て、目を見開いた。将自身、服の上からシャワーを浴びたようになってしまっているのは分かっている。今日も最高気温は三十五度。直射日光が脳天を突き刺す中、鴨宮から小田原まで自転車で走ってくるのには無理があった。

　久内は目をしょぼしょぼさせていたが——昨日は泊まり勤務で、ほぼ徹夜のままやっと解放されたのだという——愛想よく将に麦茶を出してくれた。遠慮せずに、氷がたっぷり入った大振りのグラスの中身を一息に干してしまう。そうするとまた、どっと汗が噴き出てきた。苦笑しながら、久内が麦茶の入ったポットをそのまま、将の前のテーブルに置く。

「好きなだけ飲んでくれ。腹を壊しても知らないけどね」

「すいません」溢れそうになるまでグラスに注ぎ、半分ほどを一気に飲む。喉の奥が冷たくなってきて、ようやく暑さが和らいだ。

「確かに今日も暑いけど、そんなに汗をかくほどか？」

「鴨宮から自転車で来たんです」

「それはご苦労様」久内が声を出して笑う。「自殺行為だけどな。医者としてはお勧めできない。こんな日に出歩く時は、水ぐらい持ってないと」

「ええ」将はグラスに口をつけた。流れ落ちてきた氷が唇にぶつかり、一瞬感覚がなくなるほどの冷たさが心地好い。

「で、急にどうしたんだ？」

「すいません。この前の話の続きなんです」

久内が一瞬眉をひそめる。その話は終わったはずだ、とでも言いたそうだった。

「いいけど……どういうことかな」

「人工呼吸器というか、酸素濃縮器のことです。病院じゃなくて、家で使うような小さい物、ありますよね」

「ああ」

「あれって、操作は簡単なんですよね」

「そりゃそうだ。簡単に操作できなかったら、家では使えないからね。ボタン一つだよ」久内が人差し指をぐっと突き出した。気軽に喋ってくれてはいるが、顔には戸惑いが浮かんでいる。「だけど、それがどういう――」

「止めたらどうなりますか」将は久内の言葉を遮った。

「止めるというのは？」

「ですから、常時酸素濃縮器が必要な人のスウィッチを止めてしまった場合です」

「それは、一概には言えないな」久内がテーブルに手をつき、将の顔を凝視する。「酸素濃縮器を必要とする症状も様々だ。だから、止めたからどうなるということは、一般的に言えないんだよ」

「肺に疾患がある人で、自発呼吸が難しいような人の場合は――」

「田口さんのことか？」今度は久内が将の言葉を遮る。

「――はい」

「田口さんの場合は、最後の方は二十四時間酸素濃縮器が必要だった。実際は入院した方がいいような状況だったけど、ご本人も家族も家の方がいいと言ってね……最後は畳の上で、と思ったんじゃないか」

つまり、何もしなくても死にそうだったということか？　だとしたら、本当に自然死だったのかもしれない。健太の勘違いということで……それなら話は終わりだよね。この件を聞かされた人の胸に、不快な記憶を残したままで。僕は当然悪役になるんだろうな、と将は不安を覚えた。余計なことを聞き回って、噂を広めてしまった馬鹿野郎。

「止めたら、亡くなっていたでしょうか」将は言葉を替えて訊ねた。

「可能性はあるけど、君は本当にそんなことがあったと思ってるのか？」

「記録は残らないんですか」将は敢えて久内の質問には答えなかった。

「機械的に？　どうだろう。機種にもよるけど、あそこの家のやつはどんな感じだったかな……ちょっと待てよ」

久内が二階に消える。階段が軋む音を聞きながら、将は麦茶を注ぎ足した。無性に煙草が吸いたくなったが、何とか気持ちを抑えつける。

五分ほどして、久内が一枚の紙を持って戻って来た。何かをプリントアウトしたものらしい。

「これだ」将の前に置く。小さな冷蔵庫のような、直方体の機械。

「最新式のやつだから、ログは取れるみたいだな」

「ということは、現物があれば調べられるんですか？　いつ電源を入れていつ切ったか」

「だと思う。ただ……将君、何を考えてるんだ？」久内が疑わしげに目を細めた。

「酸素が流れなくなったら、たきさんはどうなったでしょう」

「危険な状態になるのは間違いない」久内が唇を噛んだ。「俺が見逃したっていうのか？」

「見逃したんじゃなくて、知りようがないですよね。家にいる患者さんの酸素濃縮器……その電源がいつ切れたかは、調べようがないんじゃないですか」

「いや、それは言い逃れだ」今や久内の顔は真っ青になっていた。「仮にたきさんの死が何らかの人為的な行為によってもたらされたとしたら、俺にはそれを見抜く義務があるからな。こういうことを見落としたら、医者として失格なんだ」

「そうですか……」

「それと、麻生さんだけど」

「はい?」

「いや、何でもない。麻生さんから頼まれた話だから」久内が首を振る。

僕には関係ないってことか。彼の態度はどこか変だったが、将の関心は別の方に行っていた。濃縮器はどこにあるのだろう。もしも手に入れられたら、ログを調べられるかもしれない。仮に泰治が母親を殺したとしたら、始末してしまった可能性が高いだろうけど……。
　ここまで知ってしまったら、無視できない。自分の中で湧き上がる黒い好奇心とでもいうべき気持ちに罪悪感を抱きつつ、将は久内の家を辞した。

　長いツーリングを意識して、今度はペットボトルのミネラルウォーターを仕入れた。自転車のフレームにボトルをはめられる金具がついていたので、そこにセットして時々喉を潤しながら、ひたすら北を目指す。途中、小田原厚木道路と平行して走るところまでは平地だったので順調にいったが、その先、予め（あらかじ）調べた道順に従って細い道に入って行くと、急に山を登るような急坂が待ち構えていた。先の方が宙に溶けこむような急角度で、ようやく登り切った時には膝が笑い、脹脛が痙攣しそうになった。途中、高台で少し開けた場所に出ると、小田原厚木道路がはるか眼下に見え、どれだけ高くまで登って来たかを改めて思い知る。凶暴な陽射しを浴び続けているうちに、軽い頭痛を覚え始めた。日射病になったら洒落にならないぞ……頭を振ってまた自転車を漕ぎ出し、今度は転げ落ちそうな急坂を一気に駆け下りた。途中、コンビニエンスストアに寄り、なけなしの金をはたいてキャップとタオルを買う。それで頭と首を陽射しから守り、水をたっぷり飲んでから、気合を入れ直して走り出した。

この前野宿してしまったコインランドリーの近くにある駅は、簡単に見つかった。駅前のスーパーで、健太が通う高校への行き方を教わる。駅から徒歩五分、自転車なら三分というところ。学校へ向かう時間を利用して、どうやって健太を呼び出そうかと知恵を絞る。家の用事で、と言って学校側を説得するしかないだろうな……複雑な事情を話している暇はないし、他に上手い知恵も浮かばない。

玄関脇にある事務室に顔を出すと、初老の事務員が怪訝そうな表情を浮かべた。目深に被ったキャップと首に巻いたタオルのせいだと気づき、慌てて両方とも外す。濡れた髪から汗が垂れ、鼻の頭を濡らした。

「急ぎの用って……だったら、まず電話すればいいのに」

事務員は不審気な様子を隠そうともしなかった。そんなこと言われても、携帯の番号を知らないんだから、電話なんかできない。

「とにかく急いでいるんです。家族が大変なんです。呼んでもらえませんか」将は必死で訴えた。

「緊急って言ってもねえ」ぶつぶつ言いながらも、事務員は受話器を取り上げた。番号をプッシュする前に、「今、授業中ですよ？　本当に呼び出すほど緊急なんですか？」と念押しする。

「そうです」将はわざとらしく胸を張った。そうしながらも、そもそも健太が学校に来ているかどうか分からないのだ、と思い出して顔から血の気が引くのを感じる。もしもあいつが学校をサボっていたら、話が変な方向にこじれてしまう。

だが、幸いなことに健太は登校していた。事務員は職員室に話をつないだようで、何らかの許可を得てから受話器を置いた。

「今呼んで来ますから、そこで待ってて下さい」

雑な仕草で「そこ」を指す。椅子やベンチがあるわけではなく、下駄箱が並ぶ一角、という程度の意味のようだった。将は黙って指示に従い、日が当たらない涼しさにほっとしながら壁に背中を預ける。目を閉じ、体の熱がゆっくり引いていくのを感じながら、考えをまとめようとした。まとまらない。とにかく健太と話をしなくちゃ……。

「兄貴」

いきなり声をかけられ、慌てて目を見開く。健太がにやにやしながら立っていた。先ほどの事務員はまだこちらを窺っている様子だし、どうやら「家族」の芝居をするようだ。

「何だよ、急に」

「いいから、ちょっと」将は健太の腕を摑んで、壁の方を向かせた。声を潜め、「外へ出られるか？　十分でいい」と告げる。

「ああ、じゃ、ちょっと待ってて。外で」

健太が下駄箱の列に姿を消す。ほどなくスニーカーに履き替えて——例によって踵は履き潰している——出て来ると、ズボンのポケットに両手を突っこんだまま、だらだらと歩き始めた。将は少し遅れて彼の後を追う。健太は体育館の裏手——けやきの大木があるせいで日陰になっている——に辿り着くまで無言だった。

「学校まで押しかけて来るってのは、よほどのことだよね」健太が体育館の壁に寄りかかり、ハンカチを取り出して顔全体を拭う。

「酸素濃縮器、どうした」

「え？」すぐには事情が呑みこめない様子で、健太が首を傾げる。

「たきさんが使ってたやつ。処分したのか？」

「バアチャンの部屋は片づけちゃったから、あるとしたら物置かな……だけど、それが何か？」健太が将から目を逸らす。不安の色を隠しきれない様子だ。

「記録が残ってるかもしれないんだ。電源のオンオフの様子が分かれば……」

健太も合点がいったようだ。小さくうなずいたが目は虚ろで、眼前にある事実を無視したくて仕方がない様子だった。気持ちは分かる、と将は腹の中で言った。いくら疑っていても、確固たる事実が出てくればは話は別である。本当に父親を疑い抜けるかどうか、腹を決めかねていたとしてもおかしくはない。

「物置、調べてくれないか」

「いいけど」あまり乗り気でない様子で健太が同意した。

「僕が物置に入ってもいいけど、それじゃ泥棒だよな」

「ああ」

「だったら、一緒に行こう。酸素濃縮器が見つかったら、調べてくれる人がいるんだ。なあ、覚悟できるか？」

「何が」健太が苛立ちを露にした。平手で盛んに腿を叩いているが、きちんとしたリズムは取れておらず、まとまり切らない心の乱れがそのまま現れたようだった。

「調べたら、誰かが電源を切ったかどうか、分かるかもしれない。もしもはっきりしたら、どうするつもりなんだ？」

「それは――」健太が口を大きく開けた。いかにも怒鳴り声を上げそうだったが、すぐに口をつぐんでしまう。

「警察に行く？　放っておくのはまずいんじゃないか」

「警察って……」健太がすっと目を細くする。凄んでいるつもりかもしれないが、将はまったく恐怖を感じなかった。むしろ、瞼の隙間からかすかに覗く彼の瞳に、恐怖の色を見て取る。

「最初にうちのジイサンに相談しにきた時、どうするつもりだったんだよ。ジイサンは防犯アドバイザーだぞ？　何かあれば、当然警察に連絡が行くと思わないか」

「麻生さんはそんなことをする人じゃない」

「じゃあ、どんな人なんだよ。見逃して、何か別の手を考えてくれるとでも思ってるのか？　そんなこと、あり得ない。人が死んでるんだぞ」将は、三原と麗華に対する祖父の対応を思い浮かべていた。麗華は見捨てたが、三原のことは庇い、警察が手を出せないように処理した。あれはどうして……三原が日本人で麗華が中国人だから？　それとも何か、他の基準があるのだろうか。だとしても、人が一人死んでいたとしたら、自分の手の中で事件を握り潰すはずはない。

「覚悟できたら、電話してくれないか」

将は自分の携帯電話の番号を告げた。健太はズボンのポケットに手を突っこんだまま、将の顔を凝視していたが、しばらく沈黙した後携帯電話を引っ張り出し、「もう一回」と告げた。将は彼のキー入力のスピードに合わせ、少しゆっくりと番号を読み上げた。

「いいか？」

「ああ」

「そっちの番号は？」

「他人に教えるつもりはないね」

「他人って……」将は少しだけ頭に血を上らせた。「誰のためにやってると思ってるんだよ。そういう言い方はないだろう」

「分かってる」

健太が無表情で、携帯を操作する。すぐに将の携帯が鳴った。画面を確認し、番号を登録する。素直じゃないな……ひねくれるのも当然か。だけど、どうしてだ？

「何でそんなにひねくれてるんだ」疑問を素直に口にした。

「性格なんで」

「違うだろう？　何が気に食わないんだ？」

「あんたはどうなんだよ」健太が壁から背中を引き剝がし、挑むような視線で将を見た。「あんたは何が気に食わないんだ？　自分のオヤジを疑って、悶々としてるから？　その件、確認したのかよ」

　まだだ、と言えない。しかし健太は将の胸の内をあっさり見抜いたようで、鼻を鳴らすと、スニーカーを引きずってだらだらと校舎の方に戻って行った。丸まったその背中からは、いかなる感情も読み取れなかった。

十一時。将は布団に横になり、天井をじっと見上げていた。カーテンを開け放しているので、月の光が射しこんで部屋をぼんやりと明るく染めている。頭の下に両手をあてがったまま首を捻り、傍らに置いた携帯電話に目をやった。鳴る気配はない。健太の奴、やっぱり決心がつかないのか。ジイサンもジイサンだよ。最初に相談を受けたのはあの人なんだから、もう少し言葉をかけてやればいいのに。これじゃ、僕に丸投げしたようなものではないか。夕食の時、もう一度酸素濃縮器の話をしたのだが、反応は薄かった。話を聞けと命じたのは祖父なのに……。

腹筋を使って上体を起こす。何もない、空っぽの部屋。携帯電話を手にし、キーに触れると、モニタの柔らかい白色光が顔を照らし出す。返してもらってから、結局一度もネットにつないでいない。ほとんど使っていないので、バッテリーの残量はまだ十分だった。携帯だけではない。祖父のパソコンを借りた時も、チャンスがあったけど、ネット上の仲間と連絡を取る気にはなれなかった。一瞬、散々メールをやり取りしたryoの名前は頭に浮かんだものの、今は彼ともやりとりすべきでない気がした。

結局僕は、完全にネットの世界に逃げこんでいたわけではないのかもしれない。いずれはまた戻るかもしれないけど、その時は今までとはまったく違う使い方をする気がしていた。それこそ祖父の言うように、節度を保って——手の中でいきなり携帯が鳴り出したので、鼓動が一気に跳ね上がる。ディスプレイには「健太」の文字。何故か慌ててしまい「通話」ボタンを押せぬまま、甲高い呼び出し音が三回鳴ってしまった。ようやく耳に押し当てた時には、喉元まで心臓が上がってきている感じがした。

「もしもし」

「——今から」低い、ほとんど聞き取れないような声。

「マジで?」反射的に反論しながら、忍びこむには適当な時間なのだと気づいた。この辺りの人は、夜は早い。健太の両親も、もう寝てしまったのだろう。

「あんたが言ったんだぜ。俺は覚悟を決めたから」

「分かってるよ。こんな夜中に電話がかかってくるからびっくりしただけだ」

「こういうことをするなら、夜中じゃん」

「ちょっと……十分くれよ。着替えるから」

「早くしろよな」不機嫌に言って、健太は電話を切ってしまった。

将は頬を膨らませ、ゆっくりと息を吐いてから立ち上がった。部屋の照明は点けぬまま、素早くジーンズとTシャツに着替える。外は少し冷えるかもしれないが、羽織る物がないから仕方がない。

足音を忍ばせ、部屋を出る。隣の祖父の部屋のふすまは閉まったままで、灯りは漏れていない——少し立てつけが悪いので、部屋で灯りをつけていれば廊下に漏れるのだ。後はすぐに軋む階段を突破すれば、気づかれずに出て行けるだろう。将は、これまでにないほど慎重に階段を下りた。その先には、嫌な真実が待っているかもしれないが、不思議と覚悟はできていた。

20

健太は自宅の前にぽつんと立っていた。黒っぽいTシャツに膝までの長さのジャージという格好で、腕を組み、警戒するように左右に視線を投げている。将に気づくと、右手を振って、「さっさと来い」とジェスチュアで指示した。この時間になると車も少なくなっているので、将は左右をさっと見回して道路を横断した。

健太は興奮しているのではないかと思ったが、表情は冷め切っていた。

「覚悟できたんだ」

「覚悟なんかどうでもいいよ」健太が乱暴に吐き捨てた。「やる時はやるんだ」

「――分かった。物置は？」

「こっち」

健太は道路に面した事務所を無視して、脇道に入って行った。家の窓からは一切灯りが漏れていない。

「皆寝てるんだな？」

「この時間だと意識不明だよ。いつも起きてるのは俺だけだから」

「裏口から？」

「家には入らなくていい。物置は別の建物だから」

それなら見つかる恐れは少ないだろう。泥棒の心境を想像しながら、将は胸を撫で下ろしていた。

健太の言う通り、物置は三坪ほどのプレハブだった。裏口のドアから一メートルほど離れた場所に建っている。

「結構でかいな」

「物置っていうか、倉庫だから」

「仕事用の？」

先を歩いていた健太が振り返る。不満そうに目を細めていた。

「あんたの言うことって、一々引っかかるのな。何でだと思う？」

「さあ」

「分かり切ってることをわざわざ言うからだよ。引きこもりは、社会常識を知らないから困る」

「今、そんなこと言ってる場合じゃないだろう」

「夜中にコンビニ回りしているだけじゃ、頭が悪くなる一方だね」

「煩い」

健太が肩をすくめ、物置のドアに手をかけた。ロックを解錠する「かちゃり」という音がやけに大きく響き、将はまた心臓の鼓動が跳ね上がるのを感じた。ドアを開けながら健太が振り返り、顎をしゃくるようにして、中へ入るよう促す。

健太が先に、すぐ後に将が続く。将は音を立てないようにドアをそっと閉め、そこに背中を預けた。小さな窓からわずかに月明かりが入ってくるが、照明としては不十分だ。裸電球がぶら下がっていたが、点けるわけにはいかないだろう。健太が懐中電灯を持ち上げたが、将は鋭い声で「駄目だ」と制した。誰もいないはずの物置の中で懐中電灯の光が乱舞しているのが見えたら、面倒なことになる。近所の人が気づいて一一〇番通報するかもしれない。

次第に目が慣れてきた。これなら灯りなしでも何とかなる。左右を見ると、両側の壁にしつらえられた棚はファイルフォルダでびっしり埋まっていた。この辺は仕事用だろう。奥の方も棚になっていたが、こちらは雑多にいろいろな物が詰めこまれていた。庭いじり用の道具、肥料、バケツやホース。その一角、左側の棚との角に当たる部分に、高さ五十センチほどの段ボール箱が置いてある。

「あれだ」健太がつぶやく。

「間違いない？」近寄って覗きこむと、健太の体臭がむっと鼻先に漂う。狭い小屋だから自分も同じようなものだろうと思い、首を傾けて自分の肩に鼻をくっつけてみた——そんなことをしている場合ではないんだけど。

「持ち出せるか」

「箱から出した方がいいと思う。重いんだけど、キャスターがついてるから。出したら、転がしていけばいい」

「よし、やろう」

将は物置の奥に歩み寄り、段ボール箱に手をかけた。単に被せただけのようで、すぐに取れる。ゆっくりと引き上げ、夜目に柔らかいクリーム色のボディが見え始めた瞬間——誰かが物置の扉を開け、懐中電灯の灯りがスポットライトのように二人を浮かび上がらせた。

娘、か。麻生は布団に寝転がって天井を見上げ、香恵の顔を思い出していた。情けないことに、記憶は娘が二十歳だった頃で止まっている。その後は数えるほどしか会っていないのだ。今はどんな顔になっているだろう。既に中年で、アメリカで暮らしていて……生活環境も変わって、顔つきも激変してしまっているかもしれない。もしも会えたら、と考えた。考えたが、そこから先に想像が進まない。会って何を話せばいいのだ。

電話してみればいいのだ、と唐突に思った。こちらは真夜中近いが、アメリカは午前中だろう。将の面倒を見ているのだから、その後の経過を報告するのは当然だ。恩着せがましいことは言わないようにしよう。淡々と報告。喧嘩別れさえしなければ、また話し合い、関係を修復できる機会がくるはずだ。俺が少しだけ大人になればいい。

自分のためではない、と考える。これは将のためだ。母親に出て行かれたあいつは、成人しているものの、「ちゃんと大人になった」とは言えない。一度しっかり母親と、そして父親と話し合いをさせるべきだ。自分はそのための架け橋になれればいい。

よし、決めたら迷うな。麻生は自分に言い聞かせ、受話器を手に取った。香恵が向こうで使っている携帯電話の番号は——一度もかけたことがないのに——暗記している。電話代がもったいないなどとは考えなかった。しかし、指が止まる。その前に、もう一度話を聞いておかなければならない人間がいた。そちらに電話することにプレッシャーはなかった。不快感があるだけである。

一度受話器を戻した瞬間に鳴り出す。あまりのタイミングの良さに、心臓が跳ね上がったが、相手の話を聞いているうちに、次第に落ち着きを取り戻した。そういうことか。確かに勘違いしやすい状況だが……電話を切った後、意を決して、あの男とも話した。自分でも予想していなかったほど長く、電話が続く。これほど長く話したことはなかったが、考えてみれば互いに仕事に打ちこんできた男同士だ。好き嫌いは別にして、相手の中に自分との共通点すら感じ始めていた。声の様子をしっかり聞いていると、嘘は言っていないと確信できる。状況は、ますます堅牢になった。

さあ、いよいよ香恵だ。

電話がつながり、国際電話特有の間延びした呼び出し音が聞こえてくる。次第に鼓動が激しくなってきたが、娘は電話に出ない。クソ、さっさと通話ボタンを押せ――焦っても何にもならないぞ、と自分に言い聞かせたが、せっかちな一面は抑えられない。

ふと、隣の部屋で何か物音がした。将？　続いて階段の軋み音。そっと障子を開けてみると、将の背中が見えた。着替えている？　こんな夜中に、どこへ出かけるつもりだろう。娘はまだ電話に出ない。留守番電話にも切り替わらないし……窓を細く開け、壁に体を隠すようにして外に目をやる。その直後、玄関のドアを開け閉めする音が微か(かす)に聞こえた。将が道路を横切ろうとした瞬間、香恵の慌てた声が耳に飛びこんでくる。

「お父さん？　どうしたの」

「ああ」将の姿を目で追いながら、麻生は生返事をした。あいつ、田口の家に向かってるみたいじゃないか。こんな夜中に何を企んでる？　家の前に立っているのは健太だ。そういえば先ほど、将の携帯が鳴ったようだが、健太に呼び出されたのか？

「お父さん？」

「ああ、すまん」クソ、あの二人の動向に目を配らないと。だが、やっとつながった娘との電話をすぐに切るわけにはいかなかった。

「ちょっと、どうしたの、お父さん？　何かあったの？」

「将を預かってる」

「ああ……」香恵は溜息を漏らした。「叔母さんから聞いた。あの子、どうなの？」

「そこそこ元気だ。引きこもりを克服できる日も近いと思う」

「そう」香恵が安堵の息を漏らす。「よかった……って、お父さんにこんなこと言うの、変よね」

「勝手なことばかり言いやがって……」文句を零したが、麻生は心の中に温かい物が流れ出すのを感じた。十年ぶりに話す娘。最後の会話は罵り合いだった、と思い出す。「一つ、俺にも教えてくれないかな」

「何？」警戒するように香恵が声を潜める。

「大した話じゃない。何でお前があの家を出て行ったのか、本当の理由が知りたいんだ」

「いきなり、何よ」

「いきなりじゃない。ずっと考えていたんだ。姑か？」

「それが大きいけど、他にもいろいろ」

「もう一つ。どうして将を連れて行かなかった」

「連れて行こうと思ったわ」香恵の声が暗くなる。「当たり前でしょう？　母親なんだし、あの男が、父親としての義務を果たすとは思えなかったから。でも、駄目だった。おばあちゃん……向こうの母親がね、跡取りを連れて行かせるわけにはいかないって。そんなの、古いわよね」

「どうしてそれを、俺に言わなかった」

「お父さん、何も聞いてくれなかったじゃない」香恵の声が固くなる。「勝手に出て行って、勝手に帰って来るのは許さないって、電話した時、言ったでしょう。私を拒絶したじゃない。だから話せなかった。お金も仕事もなかったし、親権問題で裁判になっても、その費用も出せない。だから私、一人でアメリカに行ったのよ」

「将に連絡ぐらい、してやればよかったじゃないか」

「手紙、出したわよ。毎週ね。でも、あの人が……あの男の母親が、手紙を全部押さえちゃった。将には渡さなかったの。しかも、電話番号まで変えてたのよ。だから将の声も聞けなくて……それが分かったのは、あの人が死んでからだったけどね。後で知って、本当に頭に来た。だからもう、あの家とは本当にかかわりたくなくなった」

そういうことか。麻生も知っているあの男の携帯に電話しても、将につなぐのは難しかっただろう。

「あの家っていうと、自分の息子ともかかわりたくないのか」

「もう、疲れたから……」香恵が溜息をついた。「私も、こっちでの新しい生活が何とか軌道に乗ってたの。もう、振り返りたくなかった」

「そうか」一瞬膨れ上がった怒りが、急激に萎む。俺は依然として、娘と話そうとしなかった。こんなことを知っていれば、あの家族に介入することができたかもしれないのに。そうしたら、将が二年間を引きこもって無駄にすることもなかった。「一つ、やろうと思ってることがあるんだが、聞いてくれるかな。パスポートを取るのは面倒だろうか」

「オヤジ……」

健太がぽつりと漏らす。将は、懐中電灯の光に目を焼かれ、右手を額に翳した。ジャージ姿の泰治が、完全な無表情で立っている。あまりにも表情に乏しい故、かえって不気味な感じがした。

「君は、将君だったな」

「はい」

「人の家で何してるんだ」

「俺が呼んだんだ」健太が将の前に立ちはだかるようにした。「ちょっと調べたいことがあるんだよ」

「調べたいこと？」

「誰が……誰がバアチャンを殺したか」

「お前、何言ってるんだ」

泰治の声が少しだけ上ずる。それだけで将は、疑いをぐっと強めた。こういう時はむきになって否定するか、怒り出すのが普通ではないだろうか。泰治は声に妙に不安を滲ませている。誰かに気づかれてしまったのではないか、と疑うような……いや、それは自分がそういう目で見ているからだ。

「オヤジ、はっきり言ってくれよ」健太が言葉を叩きつけた。

「君はどうしてここにいるんだ」泰治が将に目を向ける。「関係ないだろう」

「調べていました」将は自分の声が震えるのを意識した。泰治は武器らしい物は持っていないが、怒ったら肉体そのものが武器になる。

「何のために」

「健太君に頼まれたからです」

「健太、何のつもりだ」泰治が息子をなじる。将からは健太の後ろ姿しか見えないが、細い背中が怒りで盛り上がっているのは確かだった。

「この酸素濃縮器を調べるんだよ」健太が乱暴に吐き捨てる。

「お前、何を――」

将は健太を押しのけ、泰治と相対した。自分でも、そんなことができる勇気があるとは思っていなかったのに、何故かここできちんと話さなければならない、と強く思った。

「たきさんは、脳梗塞で倒れた後、肺の病気にもなって、酸素濃縮器が必要だったと聞いています。それを短時間でも止めれば、大変なことになるんじゃないいんですか」

「それを誰がやったと言うんだ」

「こちらこそ、それが知りたいんです。この機械は、調べればいつ電源がオンオフされたか、分かるんです」

「そんなことをして何になる。これは家の中の話なんだぞ」

ああ、この人は実質的に認めてしまったんだ、と将は考え、同時に気持ちが深く沈みこむのを感じた。家の中の話——家庭内で何かあったのだ。それを否定しようとして、かえって裏づける発言が飛び出した。

「そこから先のことは分かりません。でも誰かが殺されたとしたら、そのままというわけにはいかないんじゃないですか」

「お前、何様のつもりだ」

その答えは「分からない」だ。自分が何者かも分からないまま、刑事のような喋り方をしているのが信じられない。

「オヤジ、いい加減に話してくれよ。バアチャンに何があったんだ」

懇願(こんがん)するように健太が言う。

ふと、背後で嫌な気配がした。ちらりと振り向くと、健太が薪割りに使うような小さな鉈(なた)を右手にぶら下げている。冗談じゃない——将は一気に血の気が引くのを感じた。小さいとはいえ、鉈は重そうだ。

直撃したら、骨折程度では済まないだろう。

「ちょっと、ちょっと待てよ。落ち着け」将は両手を突き出して、健太を押さえにかかろうとした。だが、健太が鉈を振り上げたので、思わず後ずさり、泰治にぶつかってしまう。

「健太、やめろ！」泰治が叫んだが、命令というより懇願にしか聞こえなかった。この男は息子を本気で恐れている——健太の存在そのものよりも、事実が明るみに出るのを恐れているのだろうが。

「待てよ、な？」

将は依然として両手を前に突き出したまま、震える声で言った。広げた掌も情けなく震えている。健太は本気なのか？　目は赤くなっているが、それは明らかに怒りのためだった。怒りと、真実を求める気持ちに突き動かされ、鉈を頭上でしっかり保持している。Tシャツから突き出た細い腕も震えていなかった。怒りは人に、思いもよらぬ力を発揮させる。

「まず話を聞こうよ。な？　鉈を下ろして――」

「オヤジがやったんだろう？　だったら俺は絶対許さないからな」

健太の目は完全に据わっていた。冗談じゃない、まだ何も分からないのだ。ここで父親に怪我でもさせたら、健太が不利になるだけではないか。

「どけ！」

「どかない」両手を左右に広げた。泰治も逃げ出せばいいものを、将にぴったりくっつくようにして息子の様子を窺っている。

「どけ！」

「どかない！」

二度目のやり取りの後、健太が突然鉈を振り下ろした。後ろを泰治に塞がれ、逃げる間もない。将は、目の前で鉈の刃が暗く煌めくのを見ているしかなかった。光の軌道は、明らかに将の頭を直撃するコースを取っている。

目を瞑る暇さえなかった。


麻生は忍び足で田口家に近づいた。窓……あれは台所辺りだろうか、ぼんやりと灯りが漏れている。ちらりと腕時計を見ると、十一時二十分。起きていてもおかしくはない時間だが、何か不自然だ。耳を澄ませ、何も音がしないのを確かめてから二歩進んだところで、物置のドアが開いているのに気づいて足を止めた。

「どけ！」誰かの声――健太か？　麻生は瞬時に判断して走り出した。こちらに向かって開いているドアを思い切り開き、そこに泰治の姿を認める。何が起きているかは暗くて見えなかったが、泰治の持つ懐中電灯の光が、健太の顔を一瞬だけ浮かび上がらせた。

鉈？

麻生は咄嗟に、泰治の背中に体当たりを食らわせた。小太りの泰治は重く、壁にぶつかるようなものだったが、何とか前に押し出す。そこで初めて、将がいることに気づいた。ちょうど泰治と健太の間に立ちはだかるように……健太の持つ鉈が、泰治の懐中電灯の光を浴びて鈍く光る。麻生は惨事を覚悟したが、押し出された将の頭が、健太の無防備な腹を直撃する格好になった。健太が短い悲鳴をあげ、鉈を手放す。落ちた鉈は、物置の床に食いこんだ。這いつくばる格好になった将が、慌てて鉈に覆い被さって腹の下に抱えこむ。

麻生は泰治のシャツの襟を摑み、思い切り力をこめて引き上げた。布が裂ける高い音が響く。

「いい加減にしろ！」怒鳴りつけると、その場にいた三人が凍りつく。麻生は手探りで灯りのスウィッチを入れた。

健太は尻餅をついた格好で、将は腹の中に鉈を抱えこんで、それぞれ床の上に……泰治は呆然と突っ立ったままだった。左手にぶら下げた懐中電灯が揺れ、床に落ちた光の輪が不規則に歪む。

「どういうことなんだ」誰も返事をしない。ショック療法しかないと、麻生は物置の壁を思い切り拳で殴りつけ、「どういうことなんだ！」と怒鳴った。

将が鉈を胸に抱えたまま、ゆっくりと立ち上がる。顔は真っ青だったが……いい表情だ、と麻生は思った。危機を乗り越えたことで、一皮剝けたのではないか。だが、「いい顔」は麻生の勘違いだった。将は泰治を押しのけて物置の外へ出て来ると、麻生を睨みつけ、鉈を肩の高さに上げた。そのまま振り下ろして投げつけ、地面に食いこませる。叫びたいのに叫べない――喉元の引き攣りを見て麻生は悟った。肩を叩き、声をかけてやるべきか……分からない。七十四年間生きてきたのに、判断ができない。

刑事としての自信が、あっという間に失われた。人を助けるためだと思っていたのに。

全員が落ち着くまで、十分ほどかかった。頼りにしていた祖父まで呆然としていたし、健太は愚図愚図と泣くばかりで役に立たない。仕方なく、将は自分から泰治に問いかけた。

「何があったにしても、これからどうしたらいいか、僕には分かりません。ただ、健太君が疑問に思っているなら、答えるのが親の義務じゃないんですか」何でこんなに堂々と喋ってるんだろう。将は自問したが、答えは見つからなかった。

泰治の喉仏が大きく上下し、汗で濡れた額がきらりと光る。握り締めた拳は細かく震え、唇からは血の気が引いていた。

「俺じゃない」

「じゃあいったい――」反射的に言葉を投げかけてしまって、将は真相に気づいた。今の一言にこめられた秘密。「……まさか、奥さんですか」

泰治が小さくうなずく。認めたくないのを無理に認めるために、できるだけ素早くうなずいたようだった。

「どういうことだよ」

震える声で健太が訊ねる。将は、先ほどとは逆に健太に背中を向け、泰治と向き合う姿勢を取った。泰治はうつむいたまま、言葉を選んでいる様子だった。薄くなった頭頂部が、どこか物悲しげである。

「お前、母さんがどれだけ一生懸命バアチャンの世話をしてたか、分かるか？　バアチャンは、他人の介護は受けたくないって言ってたよな？　だから、ちゃんと下の世話までしてたんだぞ」

「家族なんだから当たり前……」

「当たり前じゃない」泰治がぴしりと言った。「血がつながってないんだぞ。それなのに、バアチャンは母さんに頼りきっていた。下の世話なんか、親にも子どもにもされたくないんだぞ。なのにバアチャンは……」

「俺だって手伝ってた！」

「お前が学校に行ってる間、寝てる間……それにどこかへ行ってふらふらしている間に、誰がやってたと思う？　母さんはぼろぼろになってたんだぞ。だいたいお前、何で家に寄りつかなくなったんだ」

「それは……」健太が唇を噛んだ。「居辛（いづら）かったからだよ！　家の雰囲気、最低じゃないか」

「病人がいる家は、どこも暗くなる」

泰治の言葉は、将の胸にも染みた。自分にも覚えがある。将の場合は、家に介護士がいたから、少しは空気に流れがあった。しかし家族だけで介護をしていたら、行き詰まるような緊張感、暗い思いが重く募ったのではないだろうか。

「だからって、殺す相談なんかしなくてもいいじゃないか」

健太の告白が、その場の緊迫した空気に罅（ひび）を入れた。

「それ、どういう……」将の質問は宙に消える。

「半年ぐらい前に話してただろう。このまま生かしておいても仕方ないって！　そんなこと、家の中で話すなよ。俺が聞いてるって思わなかったのか？」

車の中の夫婦の会話も、そういう内容だったんじゃないか？　こいつ、それで親を疑ってたんだ。将は唇を噛み締めた。不安で胸が潰れそうで、誰かに話したくて仕方なかったに違いない。父親に摑みかかろうとする健太を麻生が押し止め、無言のまま、ゆっくりと首を振る。

健太は呼吸を荒くし、目を潤ませながら震える声で続ける。

「そんな話を聞いたら、家になんかいられないよ。自分の家で人殺しが起きたら……本当に殺すこと、ないじゃないか」

「頼まれたんだ」泰治が静かに答える。

「え？」健太の怒りが一瞬で抜け、肩が落ちる。

「バアチャンが、殺してくれって頼んだんだ」

「嘘だ！」

「嘘じゃない」泰治が、シャツの胸ポケットから一枚の紙を取り出した。皺くちゃになったメモ。震える手で、健太に手渡す。ゆっくりとメモが行き来する間に、将は震える字で書かれた文字を見た。

『もういいから』

「バアチャンは、いつも俺たちに悪いと思ってたんだよ。半年前にも『殺してくれ』って言われて、ずっと悩んでいた。最初は本気にしなかったけど、辛い日が続くと、真剣に考えるようになるんだよ。あの日……このメモを渡された。もう逃げられないと思った。あんなに苦しんでるんだから、楽にしてやりたかった。俺が部屋でお別れをしてから、母さんは酸素濃縮器の電源を十分だけ切った。お前が学校に行ってからだ」

「まさか」

「本当よ」

母屋（おもや）の勝手口が開き、初美が顔を出した。やつれ、蒼くなった顔は死人のそれのように見える。将は背筋を悪寒が這い上がり、かすかな吐き気を感じた。やっぱりそういうことか。そう思うと同時に、長年抱き続けてきた疑念を改めて感じざるを得なかった。父親はやはり、何かを隠しているのではないか。黙っていれば分からない。誰かが突っこまない限り……健太との約束を果たすべきではないか。

「母さん……」

「ごめんね、健太」初美の声は意外に冷静だった。「母さん、おばあちゃんの願いを……」

「もう、いいから！」健太が吐き捨てた。怒ったというよりも、それ以上事実を聞きたくないという感じであった。

「麻生さん、すいません」初美が冷たい声で謝って頭を下げた。「自分が大変なことをやったのは分かっています。いつかは言わなくちゃいけないと思ってたんですけど……」

「違うだろう？」健太が将の体を押しのけて前に出た。将はその肩を掴んで引き戻そうとしたが、健太が激しく抵抗する。「頼まれてやっただけじゃないか。そんなの、罪にならないはずだよ！」

健太の心は大きくぶれた。最初彼は、父親が祖母を殺したのだと思いこみ、真実を知りたがった。だが、母親が頼まれて殺したのだと知った途端、罪を免れさせようとしている。

「麻生さん、どうなの？　罪にならないよね？」

「警察に行きなさい」祖父が淡々とした声で言った。「俺の方から連絡しておく。実際的なことをいえば、これが罪になるかどうかは分からない」

その場にいる全員が、一斉に祖父の顔を見た。

「初美さん、仮にあんたが証言しても、具体的な証拠がない。その酸素濃縮器の作動記録は取れるかもしれないが、誰が操作したかまでは分からないんだ」

「だったら……」健太の顎が震える。「だったら、どうなるの？」
「罪にならなければ、それ以上のことを考える必要はないだろう。許してやれ。皆優しいから、こういうことになったんだぞ」

夫婦は、一緒に警察に赴いた。麻生が同行を申し出たのだが断り、二人きりで家を出て行った。

健太は何も言わずに家に引っこんでしまったが、ドアの向こうに姿を消す直前に振り向き、将に向かって小さくうなずきかけた。妙に素直なその態度が何を意味しているのかも分からず、将は何の反応もできずに呆然と立ちすくむだけだった。

祖父が歩き出したので、将も後に続く。重い物を呑みこんだように、鈍い胃の痛みを感じていた。しばらく前までは、あの部屋に閉じこもって現実から遮断されていたのに、今夜は、人が「殺人を犯した」と告白する場に居合わせた。何という変化だろう。これがリアルな世の中だとすれば……僕はたぶん、ついていけない。

でも、確かめなければならないことがある。

「将」道路を渡りきったところで、祖父が振り向いて声をかけてきた。表情は透明で、感情を感じさせない。

「何？」

「お前は、自分の父親も人殺しだと思うのか？」

突然指摘され、言葉を失う。祖父は真っ直ぐ将の目を見詰めてきた。

「そう思ってただろう？　お前が引きこもったそもそものきっかけ

もそれじゃないのか？　だとしたら、俺にも理解できる。家族が家族を殺したとすれば……そんな風に疑い出したら、まともな精神状態でいられるわけがない。健太と同じだな」

「僕は……」

「何もなかった。自然死だ」

「どうして分かるの」

「俺は確かにあいつは嫌いだが、それだけで犯人と決めつけるわけにはいかない。調べてみた。幾つか、傍証がある。あの日、お前の父親は病院にいたな？」

「……そう」

「あれは、呼ばれたんだ。おそらく、死期が近いことを悟ったんだろう。あちらのお母さんが看護師に頼んで、どうしてもと病院まで呼び出してもらったんだ」

「それで殺したんじゃないの？」

「違う。二人が病室で一緒にいるところを、看護師たちも見ている。おかしなことは何もなかったそうだ」

「そんなこと、何で分かるんだよ」

「久内」祖父がうなずいた。「あいつに、手を回して調べてもらった。医者と医者、病院と病院の関係があるからな。お前の父親にも電話した。話は一致したぞ」

「父さんに電話したの？」

「あんなに長く話したのは初めてだったな」

「それ、信じちゃうわけ？」

「疑う要素がない。もっと調べることはできるかもしれないが、必要はないと思う」

「あのさ」将は思い切って訊ねた。「母さん、どうして家を出て行ったんだろう。何か知ってる？」

「あいつのわがままだ……煎じ詰めて考えれば、俺の責任とも言える。あいつをあんな風に育ててしまったのは俺だからな。あいつは、結局嫁姑の問題を乗り越えられなかった。随分きついこともあったようだが、そこを我慢できなかったのは、その程度の器しかなかったからだ」

「僕の母親なんだけど」

将は非難したが、祖父は平然としていた。

「俺にとっては娘だ」

「だけど……」

「いろいろあったらしい。だが、俺の感覚では我慢できる範囲だな。だがな、あいつはお前を捨てたわけじゃない。向こうの家に『跡取りなんだから置いて行け』と言われて、泣く泣く手を引いたんだ。お前のこと、心配してたぞ」

「そうなんだ……でも結局、父さんだけは何も責任を果たしてないわけだよね」

「男の責任の取り方は、いくらでもある」

「家にも寄りつかないで、何が責任だよ」将は反発した。

「金がないと、十分な介護はできない。そのためには、働くしかなかったんだ。サラリーマンが基本給以上に金を稼ごうとしたら、徹底的に残業するか、成績を上げてボーナスを上積みするしかない。お前の父親は、あれで必死だったんだ。俺と一緒だったんだな」説明する祖父の声は静かだった。

「え？」

「仕事が自分を、家族を支えていると確信していたことだ」

「それが正しかったと思う？　家族はばらばらになったじゃないか」

将はじわりと涙が滲み出るのを感じた。

「間違いだとは言わないが、程度の問題はあるだろうな」

「だったらオヤジも、そういう風に話してくれてもよかったのに」

「不満なら、これから話して来い」

「え？」

「逃げるな。話して、それからどうすればいいかは自分で考えろ。それに、まだ信じられないなら、直接訊いてみればいい。『殺したのか』って」

「そんな」将はぼそりと言った。健太との約束はある。だが、祖父に指摘されると、そんな気持ちは一気に萎んでしまった。

「会いに行け。お前が心を開かなければ、向こうの気持ちも閉じたままだ」

「そんなの、父親の方から歩み寄るべきじゃないの」

「いつまで親を頼りにするつもりだ。向こうも、お前を頼りたいかもしれないだろう。お前はもういい大人なんだ。父親を助けてやってもいいじゃないか」
まさか。強烈な否定の感情が、一瞬噴き上がる。あの父親にとって、僕は透明な存在でしかないはずだ。いてもいなくても、どうでもいい人間。しかしそんな否定的な考えはあっという間に萎み、ここ数年ろくに言葉も交わしてこなかった父親の顔が、突然脳裏に蘇る。落ち窪んだ目。疲れが刻まれた顔の皺。一言喋る前に必ず出る溜息。

「だいたい、いつまでもここにはいられないんだぞ」

「どうして」

「俺はアメリカに行くからな」

「はい？」祖父の言葉は、将の思考を混乱の中に叩き落とした。

「香恵に会いに行く。向こうが会ってくれるかどうかは分からんが、とにかく会いに行く。会って、今までのことをじっくり話し合ってみるつもりだ。もしかしたら、謝るかもしれん」

「そう、なんだ」将は声がかすれるのを感じた。

「さっさと行け。今から行けば、朝には着くだろう」

「今からって……」

祖父は黙って、玄関脇に置いた自転車を取ってきた。将の目の前で止めると、軽く倒すようにして預ける。将はハンドルを握って受け止めた。軽いはずのロードレーサーの重みが、掌にずっしりと感じられる。

「行け」

「無茶だよ」

「早い方がいい。時間を無駄にするな。これをやらないと、いつまで経っても一歩は踏み出せないぞ」

「一歩って何だよ」

「そんなこと、自分の頭で考えろ」

祖父は踵を返し、さっさと玄関に入ってしまった。すぐに鍵をかける音が聞こえてくる。締め出された……将は呆然として、人通りの絶えた国道一号線に目をやる。ここから世田谷まで、何キロあるのだろう。道も分からないのに、どうやって走って行く？

だが、気づくと将は、サドルに跨り、自転車を漕ぎ出していた。少しひんやりする空気。一段ずつギアを上げ、平坦で真っ直ぐな道で、すぐにトップスピードに乗る。前照灯の光は頼りなかったが、街灯が十分な灯りを提供してくれた。

この道は、東へ向かっているはずだ。日が昇る方向へ——日の出に向かって突進する、数時間のツーリング。父に会ったら、何と言葉をかけたらいいのか。無視されるかもしれない。それでもいい。話さないと何も変わらないのだから。大喧嘩しても、そこからまた変わっていけばいいのだから。

変わることは怖くない。

あのジイサンだって「謝るかもしれない」って言ってたじゃないか。

汗だくになって、休憩。ふと思いついて、将は健太にショートメールを二回に分けて送った。返事は期待していない。しかし今は、他にメールすべき相手がいなかった。それよりも、健太にメールする義務があるような気がしていた。

今、小田原から世田谷まで自転車で爆走中。
たぶん、大丈夫。父親と話してみる。
何かあったらまたメールする。そろそろ夜明けが近いみたいだ。空が白くなってきた。レース、再開。

デスクに突っ伏してうつらうつらしていた健太は、メールの着信を告げる音に顔を上げた。両親が警察に行って、一人きりの家。これからどうなるかは分からない。麻生の言うように、罪を問われない可能性もある。先ほど父親から電話がかかってきて、「逮捕はされないようだ」と分かった。

頭を強く殴られた余韻が残っているかのようにぼんやりしている。あまりにも、いろいろなことがあり過ぎた。

デスクに置いた携帯電話を取り上げる。こんな時間にメールしてくるなんて、誰だよ……ああ、将。あれからどうしたんだろう。このメールは、向かいの家で眠れないまま送ってきたのか。

自転車で爆走中？　若いね。やっと決心がついたんだ。ずいぶんグズってたのになあ。

健太は手の中でしばらく携帯をいじっていたが、やがて意を決して返事を打ち始めた。

じゃあ、全力疾走しろよ。そっちは夜明けの方向だから。

解説

久田恵

東京都世田谷区のマンションで、存在が「空気より希薄」な父親と二人で暮らす二十一歳の若者、将（しょう）。ひきこもりの彼は、深夜、空腹に耐えかねてコンビニに行こうと家を出たとたん、何者かに腕をぐいとつかまれる。気が付くと、車の中に引きずり込まれていた。

小説の冒頭のわずか二ページの序章で、読者はこの将と同様に心をぐいとつかまれてしまうだろう。少なくとも、この私はそうだった。

しかも、彼を拉致した男は、祖父。七十歳を過ぎた元刑事の麻生和（あそうかず）

馬である。子どもを置いて家族から逃げ出してしまった自分の娘、つまりは母親になり代って、孫の自立と向き合おうとする男だ。

　この「孫の自立」のサポートが、家族を顧みずに仕事に没頭して生きてきた男の定年後の新たなるミッションだなんて、一見、意表を突くテーマだけれど、描かれている状況は、現在進行中の日本の家族の偽らざる実態なのだ。

　読み進めながら、この小説はまるで我が家の話のような、ご近所の話のような、ノンフィクションの物書きとして自分が見聞してきたあれやこれやの取材上の事例のような……。そこには、現実の家族を舞台にしたリアルな世界が描かれていた。

　新聞記者時代から小説を書き続けてきた著者ならではの手法なのか、

押さえるべきことが押さえられて、裏をとるべきことがとられているという納得感がある。

しばしば、リアルな筆致の現代小説なのに、読んでも、読んでも、主人公の女性の経済生活がどうやって保証されているのかという基本的なことがいっこうに分からない、そういうことが気になってイライラして、ついには本を放り出してしまう、なんてことが私にはよくありがちなのだ。

けれど、この作品は、冒頭の短い場面で、将の置かれた状況が過不足なく分かる。その場面が映像のように浮かび、読者としては、安心して、内容へと引き込まれていける。

書き手に対して、確かな信頼がもてる、この小説は、そういう作品である。

小説のリアリティーというものを、どうとらえるのか、評論家でも文学者でもない私には論じられないが、「信頼」の持てない作品は、読者を楽しませることも、感動させることもできないのではないかと思う。

さて、この作品のテーマは、「祖父と孫」だが、なに隠そう、我が家も七十歳で仕事の第一線からリタイアした父が、私の息子である孫の自立に大きな役割を果たした。

二十歳で家出をした私は、父に「お前のことはあきらめる」と言われ、長く放置され、都会のシングルマザーとしてふらふら生きていた。

十八年後、突然、転勤先からリタイアして戻ってきた両親から同居を誘われ、私の父が息子の父親役となった。

その体験から、「祖父と孫」、この組み合わせはベストフィットの関係だとの確信がある。

ヘルメットをかぶり、真っ赤なスクーターで、湘南道路を突っ走る父が、病気で倒れた妻の介護にも家事にも果敢にチャレンジした。孫が新しい運動靴に文句をつけたりすると、「要するに、お前はこれはいらないのだな」と言って、問答無用、いっきに新品をゴミ箱に放り込んでしまうような男だった。

優しいが、甘くない。

遠慮なく、躊躇（ちゅうちょ）なくキレる。

しかし、彼には、十五歳で不登校になった孫を「学校をやめるとは、なんと勇気のある行為だ、お前はたいした男だ」と本気で讃える大らかさがあった。

変り者と言えばそうだが、こういった祖父の力が、孫の自立を最終的に促したのだと、実感する。

これが、父親だとうまくはいかない。

主人公の麻生和馬のように、定年後に、取り組むべき己の人生の課題として「ひきこもる息子」の自立に取り組んだ父親を取材したことがあるが、やはり力が入りすぎていた。

思いが先走り、自分が率先して動いてしまうので、息子はついていかない。

理屈で分からせようとして抽象論になったり、くどくど説教したり、それでもだめならもう力ずくでというようなことになって、ますますというか、限りなくというか相手を内へ、内へひきこもらせる結果になったりする。

それに反して、この作品の祖父、和馬はすごい。孫への指令が常に具体的である。つまずきそうなところをちゃんと見通して手をうつ。見えざる大きな手で背中を押し、本人が自力でことをなしたという達成感をきちんと体験させるようにはからっている。

人を動かす刑事の仕事で培った技量を存分に発揮しつつも、若者の好奇心をうまくとらえて、社会へソフトランディングさせる。

読者をはらはら、ドキドキさせ、一気に読まされてしまうエンターテイメント小説でありながら、多くの現代家族がつまずいている「子どもの自立」の道筋を示して見せている実に役に立つ作品でもある。

心理カウンセラーも読むべき本、と言ってもいいくらいだ。

そして、和馬といい、和馬の幼馴染の悦子さんといい、この小説に登場する祖父母世代が、なんと生き生きと描かれていることか。これが嬉しい。

携帯電話のストラップにおしゃれなファーをあしらい、不愛想な若者をこともなげにあしらい、手作りの美味しい料理で最後のとどめを刺して黙らせてしまう、ご近所の悦子さんには「祖父の力」と同様、「祖母の力」という物が備わっている。

この祖父母世代の、現代家族における有用性を読んでいて実感させられるのだ。

そもそも世間というのは、実態への認識が常に十年ぐらい遅れる。なかなかステレオタイプから抜け出せない。若い世代の小説家の作品などを読んで、高齢世代がおきまりのごとく頑固で気むずかしく、古風、というように描かれていると、正直言ってうんざりする。

小説家よ、家にひきこもらずに、街にいでよ、時代の空気を肌身に感じよ、と言いたくなる。時代は、刻々と変化していくのだ。

ビートルズにはまっていた世代が、すでに高齢者と呼ばれる時代に入っていて、私自身もすでに高齢者で、昨年から美術館も映画館もシルバー料金になったが、この世代などは、むしろ、若者世代より体力があったり、価値観が斬新だったり、好奇心に満ちていたりもする。

仕事の前線から地域に戻ってきた、六十代、七十代の年金受給者たちが、今や、和馬や悦子さんのように有形無形で地域のコミュニティー再生に貢献し始めている。

それがなければ、もう立ち行かない家族の実態があるのだ。

さらに、この作品のもうひとつのテーマとしてからんでくるのが、親の介護問題だ。

戦後、急速に進んだ核家族化がもたらした家族の弱点は、「子どもの自立」と「親の介護」、これらの課題に機能できないこと、と言われているが、この小説に登場する二人の若者は、いずれも介護を抱えて崩壊したり、崩壊しかけている家庭で育っている。

物語が進むと、次第に、その背景があきらかになっていくのだが、この家族の介護問題が、そこで育つ若者に実は微妙な影を落としていることに読者は気づかされていく。

目下、財政難で介護保険の適用基準は厳しくなる一方で、介護の社会化は名ばかりになり、在宅介護へと拍車がかかっている。

病院や老人ホームなどでは、医療者にしか許されていないことがらも、そうは言っていられないということで、家族は例外とされる場合が少なくない。

私も、親の介護歴が長いので、痰の吸入器や、酸素濃縮器などを日常的に取り扱う経験をしたが、その恐怖とストレスは計り知れない。

まさに、高齢者の命は介護者に握られているのが現実で、いまだ大きな問題にはなっていないが、さまざまな事故が多発しているのではないか、と想像される。

事実、私もベッドに横たわる父の手を握って一人で看取った経験者だが、医者が書いた死亡診断書には、「死因不詳」と記されていた。まるで疑惑が生じているかのようなその診断書に、納得のいかない悲しみと怒りがあり、今もその一件に関しては、「なぜ、老衰とか自然死とか記してくれなかったのか」とのこだわりを、心のうちから拭うことができない。

介護家庭で起きているにちがいないこういった現実をこの小説はきっちりと描いていて、中高年世代の読者なら、まるで、自分の家族に起こった、または、起こりうる葛藤がここに描き出されているという共感を覚えるにちがいない。
著者は、異色のスポーツ小説「8年」で、小説すばる新人賞を得てデビューし、今やスポーツ小説、警察小説、父子をテーマにした作品など、いくつもの作風を精力的に展開する作家だが、高齢者や女性読者をターゲットにジャーナリスティックな視点にたった新しい家庭小説、あるいは地域小説という分野が、ここに今、切り開かれているという期待を感じさせる。

（ひさだ・めぐみ　ノンフィクション作家）

本書は、株式会社中央公論新社のご厚意により、中公文庫『共鳴』を底本としました。但し、頁数の都合により、上巻・下巻の二分冊といたしました。

共　鳴　　下

（大活字本シリーズ）

2024年5月20日発行（限定部数700部）

底　本　中公文庫『共鳴』

定　価　（本体3,200円＋税）

著　者　堂場　瞬一

発行者　並木　則康

発行所　社会福祉法人 埼玉福祉会

埼玉県新座市堀ノ内3—7—31　〒352—0023

電話　048—481—2181

振替　00160—3—24404

印刷製本所　社会福祉法人 埼玉福祉会 印刷事業部

ISBN 978-4-86596-642-8

大活字本シリーズ発刊の趣意

現在，全国で65才以上の高齢者は1,240万人にも及び，我が国も先進諸国なみに高齢化社会になってまいりました。これらの人々は，多かれ少なかれ視力が衰えてきております。また一方，視力障害者のうちの約半数は弱視障害者で，18万人を数えますが，全盲と弱視の割合は，医学の進歩によって弱視者が増える傾向にあると言われております。

私どもの社会生活は，職業上も，文化生活上も，活字を除外しては考えられません。拡大鏡や拡大テレビなどを使用しても，眼の疲労は早く，活字が大きいことが一番望まれています。しかしながら，大きな活字で組みますと，ページ数が増大し，かつ販売部数がそれほどまとまらないので，いきおいコスト高となってしまうために，どこの出版社でも発行に踏み切れないのが実態であります。

埼玉福祉会は，老人や弱視者に少しでも読み易い大活字本を提供することを念願とし，身体障害者の働く工場を母胎として，製作し発行することに踏み切りました。

何卒，強力なご支援をいただき，図書館・盲学校・弱視学級のある学校・福祉センター・老人ホーム・病院等々に広く普及し，多くの人人に利用されることを切望してやみません。